素盏呜尊

(日) 芥川龙之介 著

烧野 译

目录

老年的素盏鸣尊 / 001

商贾圣母 / 027

素盏鸣尊 / 029

邪宗门 / 113

猿蟹合战 / 187

真假小町 / 193

二

老年的素盏鸣尊

一

素盏鸣斩除高志大蛇后,便娶栉名田姬为妻,接替了岳父足名椎的族长之位。

足名椎在出云国的须贺,为他们夫妇建造了一座八广殿。其宽广高耸,宛如一座隐入云霄的丛林。于是素盏鸣就这样和和新婚妻子一起,过上了平静的生活。风声、海浪、星光,这些再不能吸引他去广漠的太古天地间流浪。即将成为父亲的他,在宫殿的大梁下、绘着红白狩猎图的房间里,终于寻得了高天原国不曾给予他的幸福的炉边生活。夫妇一起吃饭,计划着未来的生活。有时他们会去宫殿周围的柏林里散步,在小小花园里,踩在满地落花上,倾听小鸟梦幻般的啼鸣。素盏鸣深爱他的妻子,如今的他,无论是声音、举止,还是眼神,都再也没有从前野蛮的影子了。

然而，盘踞在黑暗之中的怪物、无形的手挥来的剑光，偶尔会在梦里出现，引诱他投入嗜血的杀伐之中。不过，只要他醒过来，脑子里便都是妻子和部落的事，怪物也好、刀剑也好，都会忘得一干二净。不久，他们的孩子出生了，是个男孩。素盏鸣给儿子取名八岛士奴美。八岛士奴美生得更像母亲栉名田姬，是一位出挑的美男子。

岁月如河川一般奔流向前。他娶了很多妻子，养育了更多儿子。他的儿子们长大之后，都各自依照他的命令率领士兵，征战各个部落去了。随着膝下子孙昌盛，他的威名越发壮大，引得各国部落前来朝见。外来的贡奉队伍，组成载满丝绸毛皮珠宝的船队，往来于须贺宫前，络绎不绝。

一天，他在朝贡的队伍中发现了三名来自高天原国的年轻人，都是和当年的自己一样强壮的小伙子。他将他们召到宫殿里来，亲自给他们斟酒。这是迄今为止任何部落族长都不曾受过的礼遇。一开始，青年们揣摩他的心思，多少带着惶恐。然而酒过三巡，他们便按照他的要求，敲着酒瓮，唱起高天原的国歌来了。

等他们告辞离宫，素盏鸣取下一把剑来：

"这是我斩杀高志大蛇时，从其尾中取出的剑。你们收好，代我献给你们故乡的女王。"

三人捧着宝剑，跪在素盏鸣面前，发誓一定将剑送到，不辱使命。他们乘船出发后,素盏鸣独自站在海边,目送那片帆在奔涌的海浪间渐行渐远。那片帆迎着日光,破开海雾,乘着浪花几乎要冲到半空之中,接着便一闪而逝。

二

然而，死亡并没有放过素盏鸣夫妇。当八岛士奴美出落成一位沉稳的青年时，栉名田姬突然患病，一个月间便猝然逝世。纵使素盏鸣娶了很多妻子，最爱的也只有栉名田姬一人。灵堂建成后，他便一直守在妻子美丽的遗体前，整整七天七夜，都在默默流泪。宫中遍是恸哭之声，尤其是幼女须世理姬，哭得极为伤怀，哭声传遍宫殿内外，闻者无不潸然泪下。她是八岛士奴美唯一的同母妹妹。哥哥像母亲，妹妹则更像热情刚烈的父亲，是个颇有男子气的姑娘。

栉名田姬及其生前所用珠宝、妆镜、衣裙，皆葬在离须贺宫不远的小山腰上。怕她在黄泉路上孤单，素盏鸣不忘让一直侍奉她的十一名侍女陪葬。侍女们皆妆容整齐地静待赴死时，部落里的老人见了，都皱着眉头，暗地里指责素盏鸣的专横：

"只有十一人！尊上完全不顾部落的旧习，正妃薨逝，居然只用十一人陪葬！十一人！"

葬礼结束后，素盏鸣随即决定传位于八岛士奴美，自己则带着须世理姬，移居海的那一边遥远的根坚洲国去了。那是他在流浪期间最中意的一座风景优美、四面环海的无人岛。他在岛南边的小山下，盖了一座茅顶宫殿，便在此度过晚年。这时的素盏鸣，须发皆已花白。可衰老并未夺走他的力量，他的目光仍旧炯炯有神。不如说，如今他的神情要比在须贺宫时更添一份野蛮的神采。或许他自己也没有发现，蛰伏在他心中的野性，打从移居至此时便开始苏醒了。

他和须世理姬一同驯养野蜂和毒蛇。蜂养来采蜜，毒蛇则用来萃取涂在箭簇上的剧毒。渔猎之余，他将毕生所学的武艺和魔法都传授给须世理姬。须世理姬也在这样的生活中，出落成为不输男子的女杰，而容貌却丝毫不减栉名田姬赋予的高贵之美。

宫殿四周的松杨林，几度新绿，几度枯黄。森林的死与新生，次第为素盏鸣满是胡须的脸上增添新的皱纹。那皱纹年复一年地增多，同时，须世理姬始终含笑的瞳孔里，冷峻也在不断积累，越发深沉下去。

三

一天，素盏鸣正坐在宫殿前的松杨下，给一只个头很大的牡鹿剥皮。从海边沐浴归来的须世理姬，带回一个陌生的青年。

"父亲，我带他来见见您。"待素盏鸣起身，须世理姬将这位青年带到他面前介绍道。

这是一位眉目如画、身材魁梧的青年，脖子上挂着青红的颈珠，腰间佩带着厚重的高丽剑。那一瞬间，素盏鸣恍若见到了少年时代的自己。他受了青年一礼，满不在乎地问道：

"你叫什么名字？"

"在下名叫苇原丑男。"

"来这座岛做什么？"

"乘船到此，想求些水和食物！"青年答得干脆，脸上没有半分不悦的神色。

"这样啊。这里的食物你随便吃就好。须世理姬，你带他去取。"

二人便进到宫殿里去，素盏鸣便继续靠着松杨坐下，熟练地剥起皮来。只是，他的心中不知何时泛起一丝微妙的动摇。如果说迄今为止的生活就像晴空万里下的大海，那么这一丝动摇，就像即将带来暴风雨的阴云，他开始觉得，有什么事情要发生了。

剥完了皮，天色已经暗了下来。就在素盏鸣登上宫门前宽阔的台阶，和往常一样伸手拨开气派的宫门上垂着的白色帷幔时，却发现须世理姬和苇原丑男两个年轻人像两只小鸟甜蜜地依偎在一起，一见他便像被捣了巢般慌忙分开，各自从竹席上起身。他一脸不快地快步走进堂内，凶狠地瞪了苇原丑男一眼，半命令式地对他说：

"今晚你就住在这里，好好歇一歇，消除疲惫吧。"

苇原丑男听闻，高兴地答应了，可也察觉到了素盏鸣话里隐藏的凶狠。

"那你尽管歇下吧，不用客气。须世理姬——"素盏鸣呼唤女儿的腔调里带着嘲弄，"带他去蜂室吧。"

须世理姬一听，脸上顿时没了血色。

"还不快去！"素盏鸣见女儿有所犹豫，野熊一般暴躁地呵斥道。

　　苇原丑男恭恭敬敬地向素盏鸣再施一礼，旋即跟上须世理姬，走出了大厅。

四

　　出了大厅，须世理姬取下肩头的领巾交给苇原丑男，悄声嘱咐道：

　　"进入蜂室之后，拿着披肩挥舞三次，毒蜂便不会蜇你。"

　　苇原丑男不明就里，也来不及多问，就被须世理姬带到那间狭小的房间里。房间里十分昏暗，他想伸出手确认须世理姬的位置，却只触到她的发梢，接着便听到她匆匆关门的声音。他摩挲着那条披肩，站在原地愣了一会儿。渐渐地，他的眼睛适应了黑暗，周围的景象也开始清晰起来。模糊的视野里，他看到屋顶挂着几个木桶那么大的蜂巢。一群比他腰间的高丽剑还要粗的蜂正绕着蜂巢飞舞。他赶忙跑到门边，拼命想要把门推开，可门纹丝不动。这时，已经有一只巨蜂嗡嗡作响地落到地上，朝他爬过来。苇原丑男慌张起来，赶紧在它靠近之前一脚踩过去，可那巨蜂一下子飞到空中，直直地朝他的脑袋飞过来了。这时，更多的巨蜂发现了人的气息，就像风口上着起来的火，也成群结队朝着他头上飞来。

这时的须世理姬已回到大厅内，点燃了墙壁上的松明。赤红的火光映照出卧在席上的素盏鸣。

"带他去蜂室了吗？"素盏鸣盯着女儿，语气中仍有不快。

"我从不违背父亲您的意思。"须世理姬避开父亲的目光，自顾自地在大厅另一角躺下了。

"是么。那以后也要好好听我的话啊！"素盏鸣的语气里带着讽刺，须世理姬背对着他，只管拾掇自己的项链，并不作声。

"不回话是打算以后不听我的了？"

"没有。父亲您为什么说这样的话——"

"我得告诉你，我并不打算把你许给那个年轻人做妻子。素盏鸣的女儿，得许给素盏鸣满意的女婿。记住了，知不知道？"

夜深了，素盏鸣的鼾声也响了起来。须世理姬则悄然倚在大厅的窗边，望着赤红的月亮渐渐沉入无声的海底。

五

第二天一早，素盏鸣和往常一样，去礁石遍布的海边游泳。可出乎意料的是，苇原丑男兴高采烈地从宫殿的方向追了上来，微笑着跟素盏鸣打招呼：

"早上好！"

"怎么样，昨晚睡得好吗？"素盏鸣站在礁石一角，一脸狐疑地看着这个年轻人。事情完全脱离了自己的预想，他这么精神，昨晚竟然没被毒蜂蜇死？

"嗯！托您的福，睡得很好。"苇原丑男捡起一片岩石，用力往海里扔去。那片岩石在赤红朝霞之下划出一条长长的弧线，最后落在遥远的海浪之中。这是素盏鸣绝对扔不出的距离。

素盏鸣咬着嘴唇，一直盯着那片岩石沉入海里。

二人从海边归来，面对面吃早饭。素盏鸣一脸不快，嘴里嚼着鹿腿肉，对苇原丑男说道：

"你喜欢这里的话，可以多住几天。"

一旁的须世理姬，觉得这突如其来的亲切有些不善，悄悄朝苇原丑男使了个眼色。可苇原丑男忙着夹盘里的鱼肉，丝毫没有注意到，开心地应道：

"十分感谢！那我就再叨扰几天。"

所幸到了下午，趁着素盏鸣午睡的时候，这对恋人一起离开宫殿，来到寂静的海边，在停泊着苇原丑男的小独木舟的岩石之间，偷得片刻幸福的独处。须世理姬躺在芳香的海草上，有些恍惚地仰望着苇原丑男的面容，最后轻轻挣开了他的怀抱，担心地对他说：

"你今晚如果继续住在这里，恐怕会有性命之忧。你最好赶紧逃走，不要管我了。"

可苇原丑男只是笑笑，孩子气地摇摇头：

"有你在这里，我死也不会离开的。"

"可你万一有什么危险——"

"那你和我一起离开这座岛如何？"

须世理姬犹豫了。

"我已经下定决心，如果你不走，我就一直留在这里。"苇原丑男还想一把抱住她，然而须世理姬突然挡回他的手臂，急忙起身：

"父亲在叫我。"

她像小鹿一般，轻盈地蹿出岩穴，向宫殿跑去。苇原丑男微笑着目送她离去，低头发现，她躺过的地方有一条披肩，就和昨夜借给他的那条一样。

六

这一晚，素盏鸣亲自把苇原丑男带到蜂室对面的一间屋子，里面和昨天那间一样漆黑一片。只一点不同的是，漆黑之中，好像有无数宝石埋在地下，星星点点闪着光。苇原丑男只觉这光来得蹊跷，待到眼睛适应了黑暗，才发现这光竟来自盘踞在他身边、大小足以吞下马匹的大蛇的眼睛。满屋的大蛇，有的绕在房梁上，有的盘在屋角，有的盘在地上，散发出刺鼻的腥气。

苇原丑男赶紧伸手抓紧腰间的剑柄，但就算他能斩杀一条，也马上会有另一条冲上来绞杀他。这时，在地上的那条已然抬头盯住了他，而更大的那条，已经从梁上倒挂了下来，歪着脑袋，眼看就要探到他的肩膀上。门自然是打不开了，这时，素盏鸣正一脸狞笑，把花白的脑袋抵在门的另一头听着动静。苇原丑男手里还握着剑柄,眼睛乱转,身上却是一动也不敢动。在地上盘成一条小山的那条大蛇,身体已经渐渐展开,蛇头抬得老高,好像马上就要扑上来咬他的喉咙了。

这时,他心中突然灵光一闪。昨夜就在蜂群要将自己置于死地时,是须世理姬给他的那条领巾救了他的命。今天须世理姬在海边留给自己的那条一样的领巾,说不定也会有奇效——于是他赶紧掏出领巾,振臂挥舞了三下……

第二天一早,素盏鸣又在满是石头的海边遇见了精神百倍的苇原丑男:

"怎么样,昨晚睡得还好吗?"

"托您的福,睡得很好!"

素盏鸣脸上的不快越来越明显,他盯着眼前的年轻人,沉吟片刻,语气中又恢复了平静,毫不在意地说道:

"嗯,那就好。来和我一起游泳吧。"

二人马上脱光了衣服,扎进晴空下波涛汹涌的大海。素盏鸣的泳技在高天原时便无人能敌,可苇原丑男显然更胜他一筹,就像一头海豚在波涛里来去自如。若从海边崖上看去,此时浮出水面的两颗脑袋,一黑一白,就像两只海鸥,渐渐地拉开了距离。

七

　　海浪不断上涌，在二人身旁翻起雪白的泡沫。素盏鸣不时厌恶地望向在一浪高出一浪的海里悠然自得的苇原丑男，没用多久，他就已经游在自己前头，素盏鸣咬紧了牙，一尺也不愿落后。可不论多大的浪头几次三番压过来，对方都能毫不费力地领先，不知不觉间，已经寻不见波涛里的苇原丑男了。

　　"本来这次想让他永远留在海底——"素盏鸣的杀心得不到满足，总觉得如鲠在喉，"畜生！游得那么快，等着被鳄鱼吃吧！"

　　可毫不知情的苇原丑男游了回来，那自在的姿态本就像一条鳄鱼：

　　"您还想继续游吗？"

　　青年浮在海面，挂着那经久不变的微笑，远远地向素盏鸣招呼着。此时的的素盏鸣就算再怎么逞强,也游不动了……

当天下午,素盏鸣又带着苇原丑男到岛西边的荒野狩猎野狐野兔。二人登上高高的巨岩,荒野延伸至视野的尽头,身后吹来的风将遍野枯草翻卷成海。素盏鸣沉默了片刻,便搭弓上箭,回头对苇原丑男说:

"现在是顶风,那咱们就比比谁射得远吧。"

"好哇!"苇原丑男也拉开了弓,一脸自信地应和。

"准备好了吗?可得同时放箭啊。"

二人并肩而立,毫无保留地发力开弓,接着双箭齐发。箭在空中划出一道直线,飞越翻涌的草海。可还未来得及确认哪一支飞得更远,两支箭便一同迎风落下,箭羽上亮光一闪,消失在了草野之中。

"分出胜负了吗?"

"没有——要再试一次吗?"

素盏鸣皱眉烦躁地摇摇头:

"再试多少次也是一样。麻烦你去帮我把箭找回来吧,那是高天原的丹羽箭,对我来说很重要。"

苇原丑男顺从地从岩上一跃而下,在狂风凛冽的荒野里寻起箭来。素盏鸣看着他的身影逐渐隐没在高高的枯草之中,便从腰上系着的口袋里掏出火镰和火石,点着了岩石下的干藓。

八

无色的火焰瞬间冒出了浓浓的黑烟，干藓和细竹燃烧爆裂的声响也在浓烟之中嘈杂起来。

"这下可算把他收拾了。"

素盏鸣挂着长弓站在高岩之上，露出凶狠的微笑。

火势越来越大，无数只鸟盘旋于赤黑的天空中，痛苦地啼鸣，只一会儿便被卷入浓烟，纷纷在大火中坠落，从远处看就好像是无数果实在暴风雨中被吹得四散纷扬。

"这下可算把他收拾了。"

素盏鸣在心中又满足地感叹了一句，可一种不可名状的寂寞却悄悄爬上了他的心头……

当日黄昏，志得意满的素盏鸣抱着手臂站在宫门前，仍在眺望上空浓烟滚滚的荒野。须世理姬没有像往常一样准备晚饭,不知何时,她换上了一身纯白色丧服,就像在给近亲吊丧。

素盏鸣见了,突然很想践踏一下她的哀伤:

"看那片天,苇原丑男现在恐怕是——"

"女儿知道。"须世理姬垂着眼,意外地堵住了父亲的嘴。

"是吗?那你一定很难过吧?"

"是呀,就算父亲您去世了,我也不会像现在这样难过。"

素盏鸣变了脸色,瞪着须世理姬,可更过分的惩罚,他也说不出口:

"难过的话,想哭就哭吧!"

素盏鸣背对须世理姬,不管不顾地走进宫门,一边登着台阶,一边不停地啧啧烦躁着。

"要是以往也不用跟她废话,早就揍她了……"

素盏鸣离开后,须世理姬仍旧噙着泪眼,望着被火照亮的昏暗天空。最终,她还是低下头,默默回到了宫中。

那晚,素盏鸣无论如何都睡不着。杀害苇原丑男这件事,还是像毒药一般侵蚀了他的心:

"至今为止我都不知道想杀他多少次了,可唯独今夜心里觉得怪怪的……"

他脑子里想着这些事,又在透着青草气息的席子上来回翻了好几次身,可睡意还是不愿轻易降临……此时,寂静的黎明早已从幽暗的海平线出发,为天空染上一片清寒……

九

第二天一早,清晨的日光洒满海面。还没睡醒的素盏鸣被晃得有些眩晕,他皱紧眉头,慢慢走出宫门,却被和须世理姬一起坐在台阶上谈笑的苇原丑男吓了一跳。

二人一见素盏鸣,也吓了一跳。苇原丑男则一如往常,一派快活神态,站起身递给素盏鸣一支丹羽箭:

"能找到真是太好了!"

素盏鸣还未从震惊之中缓过神来。可是他可以感觉得到,看到年轻人平安无事的那一瞬间心里升起的愉悦。

"没受伤吧?"

"没有,真是捡了一条命!我刚找到丹羽箭,火就烧过来了。我在浓烟里绕了半天圈子,后来就闷头往火烧不到的地方拼命跑,但不论我跑得有多快,也肯定跑不过顺风着起来的火……"

苇原丑男停顿了一下,看着已经听入迷的父女俩,又微笑着继续说道:

"本来以为这下肯定逃不过,要烧死在这里了。但跑着跑着,突然脚下的地面塌陷,我就掉进了一个大洞里。本来洞里一片漆黑,借着洞口边缘枯草燃起的火光才渐渐亮堂起来。我朝四下一看,周围有足足几百只野鼠,密密麻麻都看不到地面了……"

"哎呀,幸亏是野鼠,要是蛇那可就……"须世理姬瞬间绽开笑脸,泪水刹那间涌了出来。

"唉!野鼠也不容小觑,这支丹羽箭的箭羽都被它们啃光啦。还好,火就这样从洞上面烧了过去。"

素盏鸣听到这里,却又开始憎恨起这个青年的幸运起来。杀意再一次涌上心头,除此之外,在多次未能得手之后,曾经惨遭挫折、已模糊稀微的对自身意志的自豪感,开始饥饿地叫嚣。

"是嘛,运气真好哇。不过,运气这种东西,也不知何时会变了风向……没什么,你总算平安无事。那就过来帮我抓一抓头上的虱子吧。"

苇原丑男和须世理姬只得跟他走进洒满日光、垂着白帷帐的大殿。素盏鸣坐在大殿正中,大大咧咧地盘起腿,解开盘成三股的发辫，色如枯苇的头发随意散在地上，宛如小河一般。

"我这虱子可不一般哪。"

苇原丑男一听，伸手便要分开素盏鸣的白发找虱子捻死。然而，生在发根的并不是小小的虱子，而是呈古铜色剧毒无比的大蜈蚣。

十

　　苇原丑男犹豫了,身边的须世理姬不知何时偷偷拿来一把朴树果实和红土塞到他手里,于是他把果实咬碎,再含进一口红土,吐在地上,装作蜈蚣的尸体。

　　这时,素盏鸣昨夜的困乏也都找了过来,不知不觉地睡着了……

　　被逐出高天原的素盏鸣,正用指甲已尽数剥落的双脚蹬着岩石,艰难地攀登险峻着的山路。岩缝间的羊齿草、乌鸦的叫声、冰冷的夜空,他目之所及,无一不在诉说苍凉。

　　"我犯了什么罪?我比他们任何人都要强大!可强大并不是罪过。是他们,他们妒忌、阴险、不配做男子汉……罪在他们!"

　　他悲愤不已,痛苦地继续前进。片刻之后,一块状如龟背的巨岩挡住了他的去路,那块岩石上挂着一面饰有六枚铃铛的白铜镜。他停下脚步去看,清明透亮的白铜镜里,清晰地映着一副年轻的面孔,然而那并不是他的脸,那是他几次想除掉的、苇原丑男的脸……

素盏鸣一下子惊醒了。他睁大双眼环顾殿内,朝日初升,一片光明的大殿内,却不见苇原丑男和须世理姬的身影。素盏鸣这才回过神来,然而发现自己的头发被分成三股,分别系在屋顶的橡木上。

"他们骗我!"

素盏鸣终于理解了一切,体内的神威狂暴起来,他用力晃起脑袋,于是宫殿的屋顶瞬间发出比遭遇地震时还要凄惨的悲鸣。缠着他三股头发的三根橡木同时飞了出来。素盏鸣并不为所动,马上伸出右手去取沉重的天鹿弓,左手则抓起装着羽箭的箭袋。最后他深吸一口气,双腿发力,头发拖着三根橡木,以地动山摇之势傲然走出宫外。他的脚步声回荡在宫殿周围的朴树里,几乎要将树上的一窝又一窝的松鼠全都震下来。

他好像一阵暴风雨,席卷过朴树林。树林的尽头便是海边的悬崖峭壁,他抬手遮在眉头,眺望广阔的大海。高高涌起的海浪伸向的彼端——日轮边缘也似乎染上了淡淡的青色。层层巨浪之中,有一艘熟悉的独木舟正不断奋力前行。

素盏鸣挂着弓,注视着那艘独木舟。小舟就好像在嘲笑他一般，小小的船帆迎着日光闪闪发亮，轻巧地穿过汹涌的波涛。视野中坐在船两头的苇原丑男和须世理姬，清楚地仿佛可以伸手碰到一般。素盏鸣搭好箭，箭头瞄准了远处那艘小船。

眼见弓弦越绷越紧，箭已经拉成笔直的一条线，可素盏鸣仍未放手射出。他的眼中不知不觉间涌出笑意——微笑与眼泪的界限在这个瞬间变得不再那么分明。他耸动肩膀，一下子将弓矢抛得老远。

接着，就像再也忍耐不住一般，素盏鸣发出宛如瀑布轰鸣一般的大笑：

"我祝福你们！"

素盏鸣站在高高的峭壁上，远远地向二人挥手：

"你们要比我更强大，比我更智慧！你们要比我……"

素盏鸣停顿了一下，又继续中气十足地喊道：

"你们要比我更幸福！"

他的话语乘着风，回荡在海原之上。这时的素盏鸣，比和大日灵贵争吵时、被逐出高天原时、斩杀高志大蛇时，更加充满近乎天神的浩然雄威。

大正七年

二

商贾圣母

天草四郎①的岛原城内，火光冲天，箭矢如雨，男女老幼早已垒起尸山血河。

一位老人正双手合十，仰望石墙上高悬的圣母马利亚画像，高声唱着"哈利路亚"。

这时一颗流弹飞来，毫不留情地将老人击倒，老人趴在地上，一动不动了。身着白衣的圣母依旧在高高的墙壁上俯视这一切，无上庄严，无比平和。

白衣圣母？不，不，我知道的，那可不是什么白衣圣母。那只是一个女人。一个对着一朵玫瑰花无限爱怜的红发女人。看哪，在她下面写着一行金字：

威尔海姆烟草商会·阿姆斯特丹·荷兰……

---

① 日本江户时代少年起义军领袖，传说拥有"活死人，肉白骨"的神通。他将天主教义作为起义纲领，在北九州吸引大批信众。他率领信众占领岛原城后，遭到谋士松平信纲献计联合荷兰人的海陆双重围攻。最后岛原遭到屠城，天草四郎在守城失败后战死，其时年仅十七岁。

二

素盏鸣尊

一

高天原也迎来了春天。

四方包围的山脉之上，已无半点积雪的踪影。新绿渗遍牛马嬉戏的草原，就连从高山绵延至此的天安河，上面泛起的水光都带着一股亲切的暖意。待燕子归来，河流下游部落的女子会头顶水壶结伴前往喷泉汲水，泉边椿树的小小白花，一朵接着一朵，飘落在被泉水打湿的石头上。

如此悠长春日的一个午后，天安河的河滩上，聚集了一大群年轻人，热火朝天地举行角力大赛。比赛的开始，他们手执弓矢，朝着头顶无垠的天空放箭。长弓并列如林，勇猛的弦音就像穿林而过的风声，此起彼伏。每当弦音刚落，便有蝗虫般密集的箭飞向高悬的云霞之中，箭羽在日光下闪闪发光。其中，必有一支白隼羽箭，总是比其他箭飞得更高，高到视线难以捕捉。箭的主人，是一位身着市松纹样①的黑白和服，手握厚重的白檀木弓，面相丑陋的年轻人。

每当那支白隼羽箭射向天空，其他年轻人都会仰头追随，交口称赞他的神技。可当他们发现他射出的箭总是比自己的高，他们的态度就逐渐冷淡下来，反过来开始称赞那些射得也很高，但是终究比不上他的人。

尽管如此，那位样貌丑陋的年轻人还是快活地射出一箭又一箭。渐渐地，射箭的人少了起来，刚刚的漫天箭雨开始停歇，到最后只剩他的白隼羽箭，依旧如白日流星划过苍天。于是他也放下弓，得意地看向其他人，可是能分享他喜悦的人已经一个不剩，全都跑去了河边，开始在美丽的天安河里比试游泳。

他们争相从一条河最宽处跃到对岸去，也有不走运的年轻人，禁不住烈日炙烤，跌落在河里，扬起一阵阵令人目眩的水雾，不过大多数人还是像在河谷迁徙的鹿一样灵巧地奔向对岸，大声嘲笑那些仍然站在河这一边的人们。

样貌丑陋的年轻人看到了新的游戏，便马上把弓箭丢在沙地上，轻盈地越过河流。他起跳的地方，是所有人之中最宽的，然而其他人仍旧对他不屑一顾，反过来为那个被他甩在后

---

① 黑白相间的方格花纹。

面，在更窄、更容易落脚的地方渡河的一个高大英俊的年轻人喝彩。那个年轻人和他穿着相同的的黑白衣装，颈上腕上，却戴着比任何人都精巧的勾玉和手镯。他抱着胳膊，带着些许羡慕望着那个年轻人，终于离开了人群，独自一人在烈日下朝下游走去。

二

他不断朝下游走去，终于在无人可以越过、离对岸三丈之宽的地方停下。那是山脚与平原相接，水势初缓的地方，两岸的石与沙之间，不断堆起青黑色的浪花。他稍稍目测距离之后，急速大踏步向对岸冲去，迅猛如投石机投出的石头。然而这次还是中途大头朝下跌落深水中，可怜地激起一片大浪。

他落水的地方，离其他年轻人所在并不远，他们目睹了这次失败，一边大叫"活该"，一边捧腹嘲笑着他。针对他的嘲笑声中，依然伴有同情的声援，只是大不如从前，其间还夹杂着对那位衣饰华丽的年轻人的溢美之词。就像这世上所有的弱者一样，他的失败开始给他们带来一丝亲近感——然而，这种亲近感也只有一瞬，一瞬之后，留给他的仍是不由分说暗藏敌意的沉默。

他从河里站起身，全身湿得像只落水老鼠，可还是执着地再一次朝着对岸，紧绷大腿，从色如白矾的水面跳起，试图再次跨过宽阔的飞流。可又在水边坐了个大屁股蹲儿，扬起的沙子像升起的云烟。在他们眼里，起跳的他严肃过头，甚至有些滑稽，这无疑又成了他们的笑料。当然，喝彩声也好，欢呼声也好，这一次彻底消失了。

他甩掉手脚上沾的沙子，站起身，身上还是湿漉漉的。他望向那群年轻人，此时他们似乎已经厌倦了激流竞速，又发现了什么新的角力项目，兴致勃勃地朝河上游跑去。即使如此，样貌丑陋的年轻人还是很快活，说起来他其实没有不快活的道理，因为到现在他也未能理解那些人的不快。实际上在这一层面，所有出色的人都很相似。不过这种出色也不能不说是杰出之人的烙印。顾不上身上还滴着水，他在春日朗照之下晕晕乎乎，慢吞吞地踩着沙子，跟随众人的脚步，朝河流上游走去。

年轻人们的新游戏，是举起散布在河滩上的岩石。那些岩石有的像牛那么大，有的只有羊的个头，在暑热蒸煮的空气里被滚来滚去。他们都尽可能举起足够大的石头，可是除了能搬动的，那些根本没那么容易离开地面的石头，也只有以力量著称的五六人才能染指。于是这场比赛自然而然地成了这五六人的角逐，他们轻而易举地把那些巨大的岩石扔来扔去，其中一个身着红白三角纹样的和服，挽着袖子，短粗脖、络腮胡的矮个子年轻人，能够轻易搬动那些大家都举不起来的石头。所有人都不吝赞美他的非凡力量，为了回应众人的赞美，他搬起的石头，也一次比一次大。

这时，那个样貌丑陋的年轻人，来到了这五六人角力的中心。

三

他先是抱着双臂，稍稍观望了一会儿五六人的角逐，可最终还是技痒难耐，挽起水淋淋的袖子，收紧宽阔的肩膀，犹如熊出洞一般慢吞吞走到他们中间。

不过大部分的年轻人看到他来了，态度依旧冷淡，只有那个一直被夸赞的敦实年轻人意识到竞争者出现了，难免有些嫉妒地望向对方。这时，样貌丑陋的年轻人垫了垫肩膀上扛着的岩石，猛地朝无人处的沙地扔过去。短脖年轻人见状，如同饿虎扑食一般，朝那块石头奔去，眨眼间就举了起来，高度和轻松程度完全不输给他。

这场比试无疑证明他们二人的膂力远胜于其他号称力大的五六人，所以直到刚刚还无所畏惧地展开较量的几个人，也只能一脸泄气，面面相觑，不情不愿地加入周围看热闹的人群中。于是，原本并无敌意的二人，也变得骑虎难下，这场比试势必要进行到一方落败、一决雌雄的地步。围观的人见状，除了在短脖青年扔出石头的同时发出更热烈的喝彩，也一反常态地关注起样貌丑陋的年轻人来。不过，对于这些没安好心的人来说，很明显关注他不是因为对他抱有好感。

他依旧从容地朝手上吐了口唾沫，走向一块更大的岩石，两手紧扣其上，憋了一口气，接着猛地用力，一下子把石头抬到腹间，最后，众人眼见着他换出一只手，一点一点地将石头稳稳扛到肩上，却没扔出去。他眼神示意短脖青年，友好地微笑道：

"接好咯。"

短脖青年在他几步之外，嘴里咬着胡子，嘲弄地回答："来吧。"说罢便毫不客气地走过去，把那岩石接过来，扛在小山一般的肩头，向前迈出三两步，一下子举到眼前，用尽全力扔了出去。岩石砸在地上发出堪称凄惨的巨响，在围观的青年之中扬起银粉一般的烟雾。他们照旧欢呼起来，可就在这时，短脖青年还要再争个胜负，从水边抱起一块更大的石头。

四

两人就这样比力气，不知进行了多少回合，紧咬着对方不放，渐渐露出了疲态，豆大的汗珠从他们的身上滚落，衣服已然看不出黑色红色的纹样，都沾满了沙子。可他们还是喘着粗气，死命扔着石头，不决出胜负绝不罢休。可围观众人的兴致，却随着他们的疲劳加剧，越发高涨起来。这些年轻人此时的心态就和观战斗鸡斗犬一般残忍又冷酷，他们已经不对短脖青年抱有特别的好感，他们的心已经深陷兴奋的罗网，所以一刻不停地给二人喝彩——喝彩，宿命一般不可抵挡、能够让一切生物发狂，自古以来不知多少斗鸡、多少斗犬，多少人，为这喝彩白白流光宝贵的热血。

当然，这两人也无法幸免。他们各自从对方充血的眼中，看到了令人恐惧的憎恶。矮个短脖青年更是不惮将这份憎恶露骨地展示出来。他扔出的石头飞落的位置，离样貌丑陋青年越来越近，也很难说仅仅是偶然。然而，青年对迫近的危险浑然不觉，不，与其说是浑然不觉，实际上，他已经将全部心神都倾注于近在眼前的决胜时刻。他并不躲闪对方砸来的岩石，终于鼓足了劲，抬起水边一块牛那么大的岩石。那岩石突入河间，其上生着的青苔，千年以来都有淙淙春水浇灌。若是能投出这块大石，高天原第一强力之名可以说是唾手可得。他单膝跪在沙地上，动用全身的力量，首先死死抱住了岩石深埋沙间的底部。

这种已经超越人类极限的力量，惊得围观的年轻人们连叫好都忘记了。他们都屏住呼吸，目不转睛地望着单膝跪地的青年。青年的动作停滞了片刻，汗珠不停地从手脚滚落，他拼命使出的力气正在流失。青年还是没有动，其间不知围观的年轻人中谁先开的头，自然不是振奋精神的叫好，而是失望的叹息声。这时青年的肩膀已经伸到了岩石下方，一点一点挪出了原本跪在地上的那只腿，岩石和他的身体一起，一寸一寸，慢慢地脱离沙地。当人群中再次有喝倒彩的声音响起时，那块突兀的巨岩已然被他扛在肩头。此时的他，额前满是乱发，宛如在崩裂的大地之间现身的土雷神，雄立于乱石遍布的河原之上。

五

　　肩负千曳①巨岩的他，深一脚浅一脚踉跄着往岸上走，好似从咬死的牙关里。向对手挤出近乎呻吟的一句："接好了呀。"

　　短脖青年犹豫了。在望向对方的一瞬间，压迫感袭来，他看到了所谓"凄壮"的化身。尽管如此，被绝望感激发的勇气瞬间升腾而起，他咬牙回答一声"好哇"，奋然而起，一双大手猛地抱上巨岩。没过多久，巨岩已然移向短脖青年肩头。可这个过程就像用云筑起堤坝，又要尽力阻止云堆流泻一般，缓慢又艰难。他的脸已经涨得通红，牙咬得活像一匹狼。岩石完全落在短脖青年肩头的那一刻，他的身体就像大风中的旗杆一样晃了三晃，一时间内，除去长满胡须的部分，他的脸眼见失

---

① 千曳：日语中的一种形容方式，用于此处，表示这块石头需要一千个人一起才拉得动。

去了血色，汗珠不断从他发青的印堂淌下，频频滚落在脚边的沙地上。和样貌丑陋青年相反的是，渐渐地，他的身体开始矮了下去，那块岩石一寸寸、一寸寸地，将他压向地面，直到最后他都死命地用双手撑着岩石，可那块巨岩还是不由分说地压弯了他的身体，他的头再也抬不起来，再看他时，他已经和岩石下藏着的螃蟹没什么两样。

围观的年轻人都慌了神，茫然地看着悲剧发生。事实上他们终究做不到把他从这千曳巨岩下救出来，就算是样貌丑陋的青年，也没有自信再一次从对手的身上搬开那块巨岩。一时间，他丑陋的脸上，惊愕与恐怖的神情越发浓重，别无他法的他，只能茫然自失地看着这一切。

这时，短脖青年已经被巨岩彻底压垮在沙滩上，呻吟惨叫中的痛苦难以名状。样貌丑陋的年轻人如梦初醒一般，飞身上前，想将巨岩往反方向推去。可还没等他摸到岩石，伴随骨头迸裂的声音，短脖青年的眼口喷射出鲜血，就这样死去了。

那个样貌丑陋的青年，茫然地绞着双手，望着烈日炙烤下对手的死骸。接着他抬起头，小心翼翼地环顾周遭的年轻人，如同无声的求援。

然而，灿烂骄阳之下，静默日光之中，大家都垂着眼，没有一个人愿意望向他丑陋的脸。

六

自那之后，高天原的年轻人们再也无法面对那个样貌丑陋的年轻人故作冷淡。他们中的一部分合起伙来，露骨地发泄对他天生神力的嫉妒；一部分选择像狗一样跟在他身后，盲目地崇拜他；另一部分则毫不留情地嘲笑他的野性和惹眼，只有少数人真心表示拜服。无论敌友，在面对他时，都会感受到一种强烈的威压，这也是难以忽视的事实。

他自己自然可以察觉到这种情感的变化。那位因他而死、死状凄惨的短脖青年带来的创伤还未消除，面对他人的亲近和敌意，他十分困惑。尤其是面对那群亲近他的人时产生的羞耻感，让他觉得自己就像小女孩一样。他的伙伴比从前待他更加亲热，相应地，他的敌人也更加厌恶他了。

所以他开始尽可能避开人群，更多的时候，他开始一个人在环抱着村庄的群山与自然中游荡。大自然是爱着他的。当新绿浸染了整个森林，令人怀念的山鸠鸣叫会唤醒他备感单调的耳朵；暖春温存的云倒映在静谧的湖面，同新生的芦苇一起抚慰他的孤独和寂寞。灌木丛中有朵金雀花开放，野鸡穿梭在山白竹间，成群的鲇鱼搅碎了深谷溪流的水光——在大自然里，他感受到与年轻人为伍时从没有过的安宁与平和。只有在这里，无关爱憎，一切生灵都平等地、幸福地沐浴在阳光与微风之中。

只是——只是他仍然是个人类。

有时他会坐在溪谷间的岩石上，望着来来去去，掠过水面的飞燕，抑或倾听峡谷辛夷花丛里醉心采蜜的飞虻翅音。这种时候，一种难以名状的孤独感总会突然袭来，他从没想明白原因。那是和多年前母亲去世时的哀伤相似的感情。当时的他，无论去到哪里，都会想起母亲再也不会回来了的事实。和当时的悲伤相比，如今的寂寞算不了什么。然而对一个人来说，比咏怀失去的母亲更加深重的情感确实存在。所以，与鸟兽为伍，穿梭于春日山林间的他是幸福的，可不幸也始终伴随在他的左右。

他为这孤寂所扰，于是爬上山腰茂盛高大的柏树枝头向下看去，谷地的景色在他眼中变得遥远而模糊。他的村庄一如往常，一座座覆盖茅草的小屋，如围棋子一般分布在天安河的河滩，上空已有几缕炊烟升起。

很长一段时间里，他就这样跨坐在粗壮的柏枝上，静静感受着那远方的部落吹来的风。柏树的嫩枝在风中摇曳，枝头小芽的气味在日照中蒸腾着。

这时，经过耳边的风中，传来了这样的低语：

"素盏鸣啊，你在寻找什么？你所求之物，不在这座山里，更不在那个部落里。跟我来吧，跟我来，你还在犹豫什么？素盏鸣啊……"

七

　　然而，此时的素盏鸣并没有就这样跟着风去。孤独如他，在高天原还有什么牵挂呢——如果他自己想到这个问题，定会羞红了脸。部落之中还有他悄悄爱慕着的姑娘，这就是原因。可就连他自己也觉得，那么好的姑娘和野人一样的自己，确实不般配。

　　那天，他一如往常独自一人，茫然坐在山腰的柏树枝头，天安河白亮亮地在眼底盘桓流过，忽然听到树下传来女子清朗的笑声。那是他第一次见到那位女子。那笑声如同无数小石子哗啦啦地散落在冰面一般脆生生，他寂寞的白日梦在此间被搅得七零八落。无端被吵醒，他憋着一肚子气，透过柏林的枝丫看去，下方的林间草地上，有三名女子正沐浴着灿烂的阳光，叽叽喳喳地说笑着，丝毫没有发现他的存在。

她们挎着竹篮,看样子应该是来山里采集鲜花树枝还有山独活①这些东西的,这三位姑娘,素盏鸣一个也不认识。不过从她们肩上披着的华美领巾就能知道,她们绝不是地位低微的女子。嫩草地上,她们开始追逐一只受惊的山鸠,华丽的领巾随着她们的动作上下翻飞。山鸠用尽全力扑棱受伤的翅膀,想要躲开姑娘们伸来的手,可无论如何也无法飞出三尺开外。

素盏鸣看着她们玩闹,一时没有出声。一个姑娘仍旧不死心,丢掉了篮子去抓那只山鸠,山鸠再次奋力挣扎,柔软的白羽像雪花一般纷纷散落。于是素盏鸣抓住粗枝,轻轻在空中荡了三荡,接着猛地一发力,砰然落地,不巧脚下一滑,在地上折了个跟头,仰倒在愣住的姑娘们中间。

一时间,姑娘们面面相觑,哑然失笑。片刻后,不知是谁起的头,大家都笑出了声。素盏鸣赶紧从地上飞身跃起,一副不好惹的样子,骄傲地扫视姑娘们。而那只山鸠则趁机逃进了茂密的丛林深处。

"你刚刚到底藏在哪里了?"姑娘们也终于不笑了,其中一位瞄着他,轻蔑地发问,语气中是藏不住的嗤笑。

"就在那棵柏树上面。"

素盏鸣抱着双臂,神气地回答。

---

① 一种药材。

八

姑娘们一听又笑了。素盏鸣虽然有些生气,但心里也有点高兴。他故意板起面孔吓唬她们,不快地问道:

"有什么好笑的?"

不过他的恐吓一如往常,没有任何效果,她们笑得更厉害了。这时,有一位姑娘害羞地绞弄着领巾,转向他问道:

"那你为什么下来呀?"

"我想帮那只山鸠。"

"我们还想帮它呢。"第三位姑娘在一旁神气活现地发话了。她刚刚脱离了小女孩的年纪没多久,和其他两位朋友相比,更加美貌,也更加富有活力。刚才丢掉篮子抓山鸠的就是这个利索的姑娘。他与她对视的瞬间,不知怎的顿觉狼狈,可他唯独不想在她面前丢脸。

"骗人。"他拼命想让自己的语气显得粗暴一些。不过，其实他比谁都清楚，姑娘并没有撒谎。

"欸？我可没有骗你，我真的想帮它呢。"她严肃地反驳，接着又和一旁看乐子的二人一起，小鸟一般叽叽喳喳地议论起困惑的素盏鸣来。

"是呀，是真的哦。"

"对呀，为什么会觉得我们在撒谎？"

"不是只有你觉得山鸠很可爱哦。"

他一时语塞，惊叹于如同巢被捅了的蜜蜂一般，从三面包围而来的三位姑娘的声音。不过最后他还是鼓起勇气，放下双臂，摆出要把她们一锅端了的架势，发出雷鸣一般的暴喝：

"啰唆！没骗人就没骗人！快从这里消失！要是还不走——"

姑娘们装作吓得慌忙逃窜的样子，和他拉开距离后，又高声笑起来，还摘下地上盛开的嫁菜花一起扔向他。素盏鸣被浇了一头花瓣，他沐浴在这淡紫色的芳香花雨里，愣了一会儿，又马上反应过来，怒吼着挥起双臂，三步并作两步朝恶作剧的姑娘们冲过去。她们见状马上飞快溜出森林，只留下素盏鸣茫然地站在原地，目送那抹领巾的颜色在视野里不断远去。周围的草地上，尽是悄然散落的嫁菜花。一丝笑意浮上他的嘴角，他索性躺在草地上，望向满是春芽的树梢伸向的晴朗天空。姑娘们的笑声仍然隐约可闻，然而不久那笑声也消失了，只剩下孕育了草木之灵的母体——只存在于山林之中的，鲜明的静寂。

片刻之后，那只伤了翅膀的山鸠，战战兢兢地回来了。此时的草地上只有睡着了的素盏鸣安然的吐息声。日光穿过树梢，照在他仍带着笑意的睡颜上。那山鸠踩着满地的嫁菜花，悄悄靠近他，歪着小脑袋专注地瞧着他的脸，似乎在思考那微笑的含义……

九

自那日之后，那个活泼的小姑娘的身姿，便常常清晰地出现在他的脑海。就像之前所说的，他羞于承认这个事实，所以也从未跟同伴透露过只言片语。在同伴们看来，"恋爱"二字，对于几乎过着野蛮人生活的素盏鸣来说，过于遥远，实在搭不上边。

素盏鸣一如往常，过着远离人群、亲近自然的日子，经常整夜徘徊于森林深处探险。有时捕杀巨大的熊和野猪，有时登上常年苦寒的高峰，射猎栖息在岩石之间的巨鹰。这时的他，还没有遇到能让他尽显神力的强劲对手，穴居在山的一侧，以剽悍著称的矮人一族，每次与他遭遇，必定被杀得一个不剩。有时他会把尸体上佩带的武器、还插在箭头上的猎物带回部落。

那时，他骁勇善战的名号已在敌方部落传开，所以他们一逮住机会就会公然挑衅。素盏鸣自然尽可能地避免起冲突，可对方却不管他怎么想，无论什么事都能挑起争端。也许这是一种必然，不可抑止的宿命之力，从这时便已开始运作。素盏鸣虽对敌族的挑衅颇感不快，可在迎战的同时，他已不知不觉深陷其中。

比如说这一次。在某个风和日丽的春日黄昏，素盏鸣身负弓矢，一个人从部落身后的草山下来，他的脑海中还念念不忘刚刚射伤的那头牝鹿的身影。前方山势见缓，夕阳照射下，一棵榆树下有座小屋，那里有四五个年轻人，其中两个人好像在激烈地争执着什么。一看他们身边埋头吃草的家畜，便知他们是来这草山放牛马的。特别是争吵的其中一人，是他的仰慕者之中，最为卑躬屈膝，对他百般讨好，反而让他无比不适的一个。

素盏鸣见此情景，一股不祥的预感突然袭来。可他既然看到了，就不能放任口角小事愈演愈烈。所以他冲着那个他认出来的年轻人喊道：

"发生什么事了？"

那男子一见他，立马宛如坐拥百万大军，高兴地眼睛闪着光，滔滔不绝地跟他讲起对方有多不讲理，时不时还看对方几眼。好像是这些人看他不顺眼，就糟蹋他养的牛马。

"别跑哇，有你好果子吃。"有了素盏鸣的勇武撑腰，他便刻薄地骂个没完。

十

素盏鸣从头听到尾,一改平日野蛮的做派,和对面的年轻人说合起来。可是他的那名崇拜者对于素盏鸣的长篇大论不耐烦了,突然冲到对面年轻人跟前,猛地朝他的脸招呼了一拳头。年轻人晃了三晃,缓过来马上又还了一拳头。

"等等,喂!停手!"素盏鸣想要上前强行分开二人,挨打的年轻人瞪着被血迷了的双眼,双手不能用,便要张口去咬;而素盏鸣的崇拜者,则是疯了一般抽出腰间的鞭子,朝着对面的一群年轻人猛打,他们也自然不能坐以待毙,一拨人围住抽人的男子,另一拨人则对着被卷入无妄之灾的素盏鸣拳脚相加。事已至此,素盏鸣也只能还击,当拳头落到他脑袋上的时候,他的火气一下子就上来了。一阵骚乱过后,素盏鸣的对手不是折了胳膊就是断了腿,渐渐都起了逃走的念头,终于不知谁起了头,他们便纷纷往草山下落荒而逃。

崇拜者还想追,素盏鸣不得不拉住他:

"别呀!别把事情闹大,逃走的就让他们逃吧!"

见崇拜者卸了力,素盏鸣也放了手。那年轻人一屁股坐在草地上,他整张脸都肿了,可见被揍得不轻。素盏鸣看着他,心里的怒气一下子都变成了好笑:

"怎么样?没受伤吧?

"嘿,这算得了什么。今天可算是给了他们点颜色瞧瞧,看他们一溜烟就跑没影了——倒是您,没受什么伤吧?"

"啊,就冒了个包出来。"素盏鸣听这话恶寒得很,随口应付了他,就靠着一旁的榆树坐下。赤红的夕阳照在草山腰上,也照在山下部落的一座座屋顶,素盏鸣看着这幅景象,心底浮起一丝不可思议的平和之感。到刚刚为止的打架斗狠,在这份平和中,忽然虚幻得像一场梦。

二人坐在草地上,静静地望着夕阳中一片安详的部落。

"怎么样,包还疼吗?"

"不怎么疼了。"

"米嚼碎了敷在上面好像会好些。"

"是么,那可挺好。"

十一

其实,就像这次的冲突,素盏鸣渐渐不得不和他们站在对立面。不过单从数量上看,这些人差不多是整个部落年轻人的三分之一,他们像自己的拥护者一样,也有像思兼尊[①]、手力雄尊[②]这些年长者的尊崇对象,而这些年长的头领对素盏鸣并无敌意。尤其是思兼尊,独独欣赏他那有些野蛮的气质。草山事件发生两三日之后的一个午后,他照例独自去山里的古沼钓鱼,偶遇孤身一人前来的思兼尊,他毫不避讳地来到沼边枯木旁坐下,和素盏鸣有一搭没一搭地闲聊起来。

思兼尊虽是须发皆白的老人,但却被誉为部落首屈一指的学者和诗人,除此之外,他还被部落的女性奉为非同凡响的巫

---

① 日本神话里高皇产灵神之子,又名八意思兼神。
② 日本神话中的神明。

祝。所以他只要有空，便经常漫步在山谷间采集药材。素盏鸣自然是没有反感他的理由的。古沼一旁的柳树枝头，结着白银一般的絮，二人在树下聊了很久。

"最近盛传你力大无比呢。"思兼尊说着，歪嘴笑了。

"只是传闻唬人罢了。"

"那也很能说明问题嘛。毕竟任何事情如果得不到评价，就没有着手做的意义。"

素盏鸣听了，大为动摇："这样吗？那要是得不到任何评价，我力气再大也——"

"再大也和没有一样。"

"可就算没有人去淘洗，砂金不也还是砂金吗？"

"不过，也只有人去淘了，才能知道那是砂金，不是吗？"

"那要是有人把沙子认成砂金——"

"对呀，那沙子可就真成了金子喽。"

素盏鸣听着，总觉得思兼尊在戏弄自己，可看一看他，那满是褶皱的眼角里，只有淡淡的笑意，并无任何得逞的坏心思。

"那这样一来，成为砂金也没什么意思。"

"当然没意思，这个思路本身就是错的。"

思兼尊这样说着，也确实一脸无聊地不知从哪里摘来一株刚刚发芽的款冬花茎，放到鼻子下嗅了起来。

十二

素盏鸣沉默了。于是思兼尊又捡起他膂力非凡的话头：

"之前的角力大赛，那个和你比托举岩石的男人不是死掉了吗？"

"那件事我很遗憾。"素盏鸣不知怎的心中生出被指责的感觉。他看向微光笼罩的古沼，古沼深不见底，水面不甚清晰地倒映着周围冒着新芽的树木。而思兼尊仍然毫不在意地，时不时拿起款冬花茎嗅上一嗅。

"是挺遗憾的，不过也够傻的。要我说呢，第一，竞争本身就不是件好事；第二，更别说参与根本赢不了的竞争；第三，为此搭上性命，更是愚蠢至极了。"

"可我自己心里怎么都过意不去。"

"哎呀，人又不是你杀的。是那些看角力找乐子的年轻人杀了他。"

"可他们好像反倒恨起我来了。"

"他们当然恨你。如果死的人是你，你的对手赢了，那些人一定会恨你的对手。"

"现在的人都这样吗？"

思兼尊没回答，只是示意他有鱼咬钩。素盏鸣赶紧收杆，一尾山目鱼闪着银光跃出水面。

"鱼要比人幸福。"思兼尊看着他把竹枝插进鱼嘴，又嘿嘿笑了起来，说起这种素盏鸣根本听不懂的道理。

"就在人等鱼上钩忐忑不安的时候，鱼毫不客气地吃了鱼饵，开开心心地赴死。我倒有些羡慕鱼呢。"

"您说的我实在听不太懂。"素盏鸣再次向古沼里甩出一杆，困惑地看向思兼尊。

"听不懂也好哇。否则你就会像我一样，什么事都做不成啦。"

"为什么呢？"他虽然说自己听不懂，可又马上不假思索地问道。这时，纵然思兼尊的话真假莫辨，不过，毒也好，蜜也好，这些话不可思议地抓住了素盏鸣的神经，悄然潜入他的心底。

"只有鱼才能去咬钩哇。但我年轻的时候——"思兼尊满是皱纹的脸上瞬间满是寂寞的神色。

"但我年轻的时候,也做过各种各样的梦呢。"

很长一段时间里,二人各怀心事,只是静静地望向倒映着春树的古沼水面。其间,不时有被扔出去的小石子像翡翠一般点水而过。

十三

　　素盏鸣还是会经常想起那个爽朗的姑娘。尤其是有时会在部落内外遇见她，每当看着她的脸，素盏鸣就好像又回到了山腰柏树下与她初遇的那一天，他会无缘无故地脸红心跳。可那位姑娘仍总是淡淡的，就好像完全不认识他，甚至从不低头回避。

　　一天早上，素盏鸣前往山中，路过部落汲水的喷泉，便碰见那姑娘与三四个女伴一起，拿着水瓮前来汲水。喷泉上方的椿树枝头，还零零散散地有白花残余。花与叶间透过的日光，照在源源不断喷溅的水花上，形成一道薄虹。生满的井筒里溢出的水，尽数落到素色的大瓮里。其他姑娘便将水瓮顶在头上各自归去，头顶有稀稀疏疏的燕群飞过。然而，当素盏鸣走近水井，那姑娘便端庄地起身，一只手里提着装满了水的沉重大瓮。这时，素盏鸣看到她正在看自己，嘴角浮起亲切的笑意。他很困惑，于是只是点头致意。姑娘用头顶好水瓮，又看了他一眼算作回应，随即转身迈开轻巧的步子去追走远的女伴。

他走向水井，用那双大手捧起井水喝了几口。想起刚刚那姑娘的眼神和微笑，那种似喜似羞的心情又让他红了脸，让他忍不住在心里又狠狠地嘲笑了自己一番。

头顶水瓮，领巾翻飞的女子身影已经在朝阳之中远去，不时仍有笑声飘回到呆立在水井一旁的素盏鸣这里，随笑声而至的，还有她们投来的嘲弄笑容和目光。所幸素盏鸣喝足了水，没有被这目光激怒。可是那笑声还是不胜其烦地钻进他的耳朵，他已经不渴了，但还是又喝了一口。

这时，喷泉一侧不知不觉闪现一个熟悉的人影。素盏鸣慌忙看去，只见椿树下站着一个执鞭青年，正是前几天害他卷入草山纠纷的那个放牛的崇拜者。

"早上好。"青年亲热地笑着，恭恭敬敬地问好。

"早。"

一想到那青年或许目睹了刚刚自己狼狈的样子，素盏鸣不由得皱起眉头。

十四

"已经消肿了呢。"青年一副若无其事的样子,捻着枝头垂下的白花。

"嗯,已经好了。"他认真回答。

"是敷了生米了吗?"

"敷了,出乎意料地好用。"

"那么,再告诉您一件好事。"青年把手里的花丢到井里,突然嘿嘿笑了。

"什么好事呀?"他有些不耐烦,可青年脸上意味深长的笑容更深了。

"借您戴在脖子上的一枚勾玉一用。"

"勾玉?借你倒不是不行,你要做什么用?"

"嗯,这您就不用问了,总之不会拿它做坏事的。"

"不行。要是不说用来做什么,这勾玉你就别想了。"

素盏鸣终于失去了耐心,暴躁地拒绝了他。可青年冲他狡猾地眨了眨眼:

"那我可说了。您喜欢那个刚刚来汲水的十五六岁的姑娘吧。"

素盏鸣盯着对方,脸色变得很难看,内心的狼狈更是重重叠加起来。

"您很喜欢吧,那位是思兼尊的侄女。"

"那是思兼尊的侄女!"青年看到他如此震惊,笑得像刚刚打了胜仗。

"您瞧,您还能骗得了谁呢?"

素盏鸣马上噤了声,垂着头盯着井边溅起水花的石头,石缝里已经零星冒出羊齿草的嫩芽。

"所以您给我一枚勾玉。既然喜欢,不就得行动起来吗?"

青年一边摆弄着手里的鞭子,一边把他堵得哑口无言。和思兼尊在柳絮飘飞的古沼边闲聊的记忆鲜明地浮现。要是那姑娘真是思兼尊的侄女——他抬起头,依旧一脸严肃:

"所以那勾玉有什么作用?"

然而,此时他的眼中,已经升起迄今为止从未出现过的希望之光。

十五

"还能有什么作用,我把勾玉给那个姑娘,传达您的思慕之情。"青年答得漫不经心。

素盏鸣有些犹豫,尤其是青年的夸夸其谈,让他多少有些不快。事实上他自己也没有告白的勇气。青年从他丑陋的脸上看出了犹豫,于是故意继续冷冷地挑唆:

"如果您不愿意,那就没有办法了。"

二人片刻无话。最终,素盏鸣还是从颈上取下了其中一枚漂亮的琅玕玉交给青年,并未多言。那是母亲的遗物,素盏鸣最珍爱的东西。

"这可是好东西呀,如此成色绝佳的琅玕玉,不像是这里能出产的。"青年落在勾玉上的目光变得贪婪了起来。

"不是这个国家的东西。这是海那一边的玉匠花了七天七夜打磨而成的。"素盏鸣答毕，气鼓鼓地转身，背向青年大跨步离开了。青年手捧勾玉忙不迭地跟上。

"请您等一下，我保证两三天之内必有好消息。"

"嗯，也不用那么着急。"

青年追上了素盏鸣，同样身着和衣的二人并肩而行，往山里走去。燕群不曾间断，依旧盘旋在头顶。身后的水井仍然高高地喷涌出泉水，青年刚刚扔进去的椿花，浮在水里滴溜溜地打着旋。

太阳落山了，青年再次来到之前的草山，坐在榆树下，他拿出素盏鸣托付给他的那枚勾玉，开始考虑接近那姑娘帮素盏鸣说合的手段。这时，一个青年从山上溜达下来，手里拿着斑竹做的笛子。那是部落里个子最高、最为俊美的青年，戴着最为精美的勾玉和手镯。经过素盏鸣的崇拜者身边时，他像是想起了什么似的忽而停住，叫了一声：

"喂。"

崇拜者慌忙抬头，他知道这个美男子是素盏鸣的敌人之一，于是他冷淡地开口：

"有什么事吗？"

"能给我看看那枚勾玉吗？"

崇拜者一脸不情愿地递给他。

"这是你的？"

"不,是素盏呜尊的玉。"

这次轮到美男子的脸色难看起来。

"那么这就是他一直装模作样戴着的那枚咯。不过也是,他戴着的其他玉都和石头没什么区别。"美男子刻毒地念叨着。

把玩了一会儿之后,他颇有兴致地坐下,大胆来了一句:

"怎么样,既然聊到这枚玉,不如你做主,卖给我怎么样?"

十六

放牛的崇拜者没有直接拒绝,只是沉着脸不说话了。对方看出了他的心思:

"当然作为交换,你也有回报的。无论你想要刀也好玉也好——"

"不行。这是素盏鸣尊请我帮忙转交给某个人的。"

"欸,某个人,那是个女人吗?"

"无论是男还是女都和你没有关系吧!"一见对方起了好奇心,他的语气变得急促起来。他有些后悔说了多余的话,不耐烦地打断了这个对话。然而对方却丝毫不见愠色,反而露出一丝有些令人恶寒的微笑说道:

"确实是没有关系啦,不过啊,你要做的只是把勾玉交给那个人,就算中途换了另一枚,也不会有什么影响吧。"

崇拜者没作声，转头看向草地。

"当然肯定有麻烦你的地方。不过，只要完成这么一件小事，无论刀也好，玉也好，铠甲也好，乃至一匹马，都是唾手可得的——"

"但是，但是如果对方不接受，我还要把玉还给素盏鸣尊的。"

"要是对方不接受？"对方的表情忽然一凛，但又马上恢复了温柔的语气，"如果那个人是女人，肯定不会接受素盏鸣这种人的玉啦。再者说，这种琅玕玉不适合年轻女子，要是改送颜色更华丽的，或许还有可能接受。"

崇拜者开始觉得对方的话有点道理。事实上再怎么名贵的玉，要是这种颜色，确实很难让部落里的年轻姑娘接受。

"所以呢——"对方舔了舔嘴唇，"所以说，就算不是原来那块玉，只要对方肯接受，素盏鸣也会高兴的不是吗？这样的话换掉这块玉反倒是为了素盏鸣好。既帮了素盏鸣，你还能得到一匹马，这等好事，你还有怨言吗？"

双面开刃的宝剑、水晶削制的勾玉、健硕的桃花马，清晰地浮现在崇拜者的脑海。像是为了避开这些诱惑，他闭上眼睛使劲晃了晃脑袋。然而当他睁开眼睛，面前依旧是面带微笑的美男子。

"怎么样，还不满意吗？这样的话——反正眼见为实，去我那里，刀和铠甲你可以好好挑一挑，马厩应该还有五六匹马。"美男子站起身，继续不厌其烦地说得天花乱坠，崇拜者一言不发，脑子里还在不停地做着思想斗争。最终，他还是迈开沉重的脚步，跟了上去。

当他们俩的身影完全隐没在草山下，夕阳笼罩下的雾霭里，又有一个青年出现在此处，自不必说，是素盏鸣。他背着今天在山里射下的几只山鸟，悠闲地在榆树下歇脚。

望着雾霭里部落的一座座屋檐，他幸福地微笑起来。

对发生了什么还一无所知的他，再一次想起那爽朗的姑娘。

十七

素盏鸣在等待中度过了一天又一天,可那青年仍然没有消息。不知只是凑巧还是青年故意的,在那之后他几乎没在素盏鸣面前出现过。于是素盏鸣想,也许是青年的计划失败了,无颜面对自己。同时他也忍不住去想,自己是否还有和那姑娘再见的机会。

一天清晨,他们真的再一次相遇在水井前。姑娘一如往常头顶素色水瓮,携同四五个女伴来到椿树下。然而,姑娘一见他,便扁了扁嘴,水汪汪的眼睛里尽是轻蔑之意,昂然率先一步经过他身边,只留和往常一样涨红了脸的素盏鸣。

自那天之后,一种近乎绝望的心情一直笼罩在素盏鸣心头,他很难弄清楚这种苦涩和失落为何物:

"我就是个傻瓜,那样的姑娘下辈子投胎都轮不到我娶回家。"

不过,既然放牛的崇拜者并没有传来坏消息,好脾气的素盏鸣的心中还是留有一丝希望。他将一切疑虑都寄托在那个未知的回答上,并决定在尘埃落定之前,再不靠近那口水井,以免再一次自找烦忧。

一天,素盏鸣走在天安河的沙滩上,恰巧碰见那青年在给马洗澡。青年一见他,明显慌张了起来。他也不知如何开口,只是看着烈日炙烤之下河滩的蒿草丛里,那匹黑色骏马闪着水光的皮毛。然而,一直保持着微妙的沉默让他开始感到不适,所以素盏鸣干脆率先开口,指着那匹马说道:

"真是匹好马,是谁家的?"

"是我的马。"青年得意地回答,这有些出乎素盏鸣的意料。

"这样啊,那——"赞美之词堵在他喉头,素盏鸣又说不出话来了。不过青年也没法继续装作若无其事了,于是志在必得地开口:

"您之前给我的勾玉——"

"嗯,已经转交了吗?"

素盏鸣的眼神纯粹得像个孩子。四目相对的那一刻青年慌忙地避开了,假装呵斥来蹭痒的马:

"是的,已经转交了。"

"是吗,那我就放心啦。"

"但是——"

"但是,怎么了?"

"一时半会儿可能不会有答复。"

"那没事的,不用着急。"

素盏鸣快活地答毕,表示没有别的事了,他在洒满晚霞的春日河滩往回走,心中涌起一波又一波至今为止从未体验过的幸福。蒿草丛、傍晚的天空,乃至啼鸣飞过的一只云雀,此刻在他的眼里都是美好的。他昂首阔步地走着,朝着破开云霞的那只云雀喊话:

"喂!云雀!你好像很羡慕我呀!你不羡慕?才怪呢!不然的话你怎么会发出这样的叫声,你这只云雀呀。喂!云雀!你不回答我嘛!云雀!……"

十八

　　素盏鸣就这样度过了幸福的五六天。然而其间部落里流行起了新的歌谣，作者不详，唱的是丑陋的山鸦爱上了美丽的白鸟，从而成了所有飞禽的笑话。当这首歌谣传到素盏鸣的耳朵里，这段时间里他宛如骄阳一般灿烂的心情，马上笼罩上了一层乌云。可他虽说多少有些不安，可仍然没有从恋爱的美梦中醒来——他仍然相信，或者说让自己相信——美丽的白鸟已经允许了丑陋山鸦的追求，其他飞鸟也不再嘲笑他的愚蠢，反过来羡慕妒忌他。

　　所以之后他每次遇到放牛的崇拜者，都希望再一次得到同样的答案：那块勾玉你确实转交给她了对吧。崇拜者也只是尴尬含糊其词："是的，只是还要再等等答复。"只要听到这个素盏鸣就满足了，也不再进一步追问什么。

又过了三四天，一天夜里，他去山里捕鸟，借着月光，一个人漫步在部落的大路上。这时，一阵笛声穿过薄薄的雾霭悠然而至。他生来粗野，自小对音乐不感兴趣，可身处薇花香飘荡的春月夜，听着笛声越来越清晰，他也体会到了个中风雅。吹笛男子离他越来越近，却仍未有放下笛子的意思。他只得闪身让路，借着仿佛近在咫尺的天心明月，他看得清清楚楚——俊美的面孔，熠熠生辉的勾玉，衔在嘴边的斑竹笛，正是那个高大俊美的青年。素盏鸣自然知道这是轻鄙于自己的野蛮敌人之一，所以始终昂然挺胸，打算无视对方直接走过。可就在二人擦身而过的瞬间，对方胸前在月光里清明透亮的东西，让他再不能熟视无睹——那正是自己母亲的琅玕玉。

"等等。"他一把抓住对方的衣领。

"你要作甚？"美男子不受控制地打了个趔趄，拼尽全力想要挣脱。然而在素盏鸣的万钧之力下，这自然是不可能的。

十九

"你这块玉从哪儿来的?"素盏鸣绞紧了对方的脖子,从牙缝里挤出这句话。

"放手!喂!你干什么?快放手!"

"你不说清楚我就不放。"

"不放的话——"美男子一只手举起斑竹笛,抡圆了胳膊打向素盏鸣,可素盏鸣的另一只手毫不迟疑地钳住了他,那支斑竹笛也应声而断。

"坦白!否则我就掐死你!"这时的素盏鸣已经被怒火吞没。

"这块,这块玉,是,是我用马换的!"

"扯谎!我明明——"

"给那位姑娘的。"这句话不知怎的被素盏鸣咽了回去。愤怒的素盏鸣呼出的热气灼烧着那张近在咫尺、已然苍白如纸的面孔。

他再一次强压怒火嗫嚅道:"扯谎。"

"不放手吗?你才是……呃,呃!要喘不上气了……我明明说的都是实话,你还不放手,你才是骗子!"

"证据呢?"

"你去问那家伙好了!"美男子再次拼死挣扎挤出这一句。就算是愤怒到几近癫狂的素盏鸣,不用问也知道,"那家伙"指的正是那个放牛的崇拜者。

"行!那就去问他!"素盏鸣当即拿定主意,猛地拽着美男子,往崇拜者家那座小房子走去。途中美男子无数次想要挣脱,可素盏鸣的手就像铁打在上面,敲不开、捶不烂。

明月当空,春夜小路上薂花甘香依旧。然而素盏鸣的心中,阴暗的疑云席卷而来,夹杂着愤怒与妒忌的电闪雷鸣,正集结成狂风暴雨降临。到底是谁在欺骗自己?是崇拜者,是那姑娘,还是这个狡猾家伙耍了什么伎俩,从姑娘手里夺走了勾玉?

他拖着美男子,终于来到了崇拜者家门口。屋主竟还没睡,从落下的草帘缝隙里透出的一点烛光融进月色里。美男子终于在房门前成功挣脱了素盏鸣的大手,这时,一阵诡谲的风吹来,拂过美男子的脸,周围突然暗了下去。接着他竟双脚腾空,周身恍若有火星溅起,旋即他就像只横冲直撞的小狗崽,撞开遮挡月光的门帘,跌进了屋里。

二十

屋内，放牛的崇拜者正借着陶制油灯的光亮熬夜编草鞋。当听见门口有陌生的动静，他赶紧放下手里的活计，仔细去听。突然门口的帘子猛地一掀，美男子整个人滚进来，直接仰面扎进了屋里的稻草堆。

崇拜者被吓了一大跳，保持着盘腿动作一动不动，一脸狼狈地望向只剩半边帘子耷拉着的门口。素盏鸣像座小山堵在那里，整个人沐浴在火光里，满脸的怒火似乎在燃烧。崇拜者马上吓得面如土色，眼神慌乱地在屋里狭小的空间乱转。素盏鸣气势汹汹地走上前去，死死地盯着他，狠戾地发问：

"你跟我说过，玉已经好好交给那姑娘了。"

崇拜者没有作声。

"那这家伙脖子上挂的是什么？"素盏鸣的眼中燃着怒火，

他看见那美男子，眼睛死死地闭着倒在稻草堆里，也不知是在装死还是真的昏过去了。

"所以你在骗我！"

"没、没有骗你。真、真的转交了……"崇拜者终于拼死辩驳起来，"但，交给她的，不是那枚琅玕玉，是，是珊瑚、珊瑚的……"

"为什么！"素盏鸣的声音宛如雷鸣，生生将失了神的崇拜者断断续续的话震得粉碎。于是他终于把美男子珊瑚换琅玕，以黑马为酬劳的劝诱从头到尾交代了个清楚。素盏鸣听着他坦白，他想流泪，想要尖叫，他心中令人窒息的羞愤犹如大风呼啸而至：

"所以你才把玉换了。"

"对、对——"崇拜者犹豫了一下，"是、是换了，因为毕竟、毕竟那姑娘话说得很难听、说什么——白鸟怎能配山鸦——这、这太不像话——"

崇拜者话音未落就被踹翻在地，素盏鸣的铁拳直朝他的脑袋招呼过来。油灯被掀翻，马上点燃了地上的稻草。崇拜者的毛腿被火燎到，惨叫着跳起飞也似的逃出了屋子。暴怒的素盏鸣就像一头负伤的野猪，猛地转身要去追他，不，是扑他，这时倒在地上的美男子突然起身半跪在火海里，没命似的拔出剑砍向素盏鸣的腿。

二十一

　　剑光闪现，瞬间唤醒了素盏鸣心中长眠已久的嗜血野性。他敏捷地避开对方的武器，猛地拔出腰间的剑，猛牛一般吼叫着，疯狂砍杀起来。短兵相接，声音凄厉，二人搅动着屋内的浓烟，不时被兵器擦出的火花溅痛双眼。那美男子自然不是素盏鸣的对手。素盏鸣抡圆了胳膊，每一剑都把美男子逼入死地，每一回合都冲着对方的脑袋下手。这时，不知从哪里飞来一只瓮，朝他的脑袋砸来，所幸没有砸中，落在素盏鸣脚边摔了个粉碎。素盏鸣立即腾出眼睛扫视屋内，发现双眼充血的崇拜者藏在身后的苇帘前，这次正准备举起一只大桶助阵节节败退的美男子。

　　素盏鸣再次大吼一声，用尽全身力气朝美男子的脑门劈了下去，与此同时，那只大桶带着一阵热风径直砸上了他的头。

素盏鸣感到有些头晕，就像风中摇摆的旗杆一样晃了三晃，差一点儿就倒下了。美男子见状，慌忙起身提起剑，破开已经点着了的苇帘，一溜烟逃了出去，消失在静谧的春夜里。

素盏鸣咬着牙，终于勉强站稳。可当他睁开眼，这座熊熊燃烧的房子里，除了他已再无人影。他的头发和衣物都被点着了，于是他也划开门帘，摇摇晃晃地走出屋外。房屋燃起的火光使得月光下的道路如在白天一般明亮清晰。路上黑压压地挤满了各家各户跑出来的人。手里提剑的素盏鸣一出现，不知道谁开的头，"是素盏鸣！是素盏鸣！"的呼喊此起彼伏，越发刺耳。

他在吵嚷中失神了片刻，此时他心中的杀意仍然不断升腾，进而模糊了所有判断。眼见路上聚集的人影越来越密，不知不觉间，那刺耳的叫嚷声，也开始生出充满恶意的指向来。

"处死放火者！"

"处死强盗！"

"处死素盏鸣！"

二十二

　　与此同时，部落后山那棵榆树下正坐着一位长须老人，悠悠遥望着天心明月。弥漫在静谧春夜的雾霭包裹着薮花的香气，不时漫过满天闪烁的星光。猫头鹰的鸣叫声传来，声音就像是山在吐息。部落的火势愈演愈烈，浓烟在无风的空中越升越高。老人抱着双膝，远远望着浓烟中迸发的火星，悠然自得地小声哼起歌来，丝毫不见恐惧之色。然而部落里就像捅了蜂窝一般越发吵嚷喧嚣，接着激动的叫喊声逐渐盖过一切，听起来一场激斗在所难免。老人开始觉得不对劲，皱起了花白的眉毛，他站起身，拢起耳朵仔细听起来，部落的骚动似乎马上变得清晰起来：

　　"嗯？怎么有刀剑之声？"老人喃喃着，望着炸裂的火星，抻长脖子仔细观察了一会儿。这时，七八个部落里的男女气喘吁吁地跑到草山上，他们中有的人还未曾束髻，还是半大孩子；有几个小姑娘，扣子扣得七扭八歪，大半片肌肤暴露在外，一看就是刚从床上爬起来；更有腰弯得像张弓，站着都吃力的老婆婆。一众人等爬上来之后，不约而同地望向月夜之中熊熊燃烧的部落，一言不发。

其中一人一见榆树下站着的老者，便急匆匆地跑过去，接着，一声声"思兼尊，思兼尊"连同哀叹弥漫在一群老弱妇孺之间。这时，一位袒胸露背，哪怕在夜里也明艳夺目的姑娘叫了一声"舅舅"，走向思兼尊，动作就像小鸟般轻盈。

"出什么事了？"思兼尊一手抱住外甥女，向众人问道。

"是素盏鸣尊不知怎么回事，突然发了疯。"一位鼻子眼睛都看不清的老婆婆回答说。

"什么，是素盏鸣尊吗？"

"是的，后来很多年轻人想把素盏鸣尊捆起来，但平日里和素盏鸣尊有交往的其他人又不同意，多少年都不见这么大阵仗了。"

思兼尊目光一沉，他看看部落上空升腾的黑烟，又看向怀里外甥女的脸。月光之中，小姑娘鬓发纷乱的面孔，发青得近乎透明。

"玩火自焚啊——不只素盏鸣尊，玩火的人，都要当心……"思兼尊满是皱纹的脸上泛起苦笑，他只是凝望不断蔓延的火势，抚摸着一句话也说不出来、浑身颤抖的外甥女的头发……

二十三

乱斗持续到第二天早上。素盍鸣终于寡不敌众，连同他的拥护者一起被对方擒住。平日里就对素盍鸣看不惯的青年们将他五花大绑，极尽凌辱。在被拳打脚踢的时候，素盍鸣也只能不停在地上翻滚，像牛一样怒吼。

部落的老少众人，一致认为素盍鸣罪当处死。只有思兼尊和手力雄尊两家不置可否。手力雄尊虽痛恨素盍鸣闯下的祸乱，但实在怜惜他的非凡力量；思兼尊也一样，不想白白断送一位大好青年的性命，事实上，不仅对于素盍鸣这件事，二位尊长对任何杀人举措都极度反感。

为给素盍鸣定罪，部落里的诸位长老讨论了整整三天。因为二位尊长无论如何都坚持自己的判断，最后素盍鸣没有被判死刑，代之以放逐。这个判决对于死刑论者来说就是明目张胆地包庇处理，就这样解开素盏呜的束缚，任他自由地去往高天原之外，他们实在难以接受。于是他们把素盏呜的胡子拔得一根不剩，手脚指甲像撬贝壳一样全部剥掉，趁他刚被松绑手脚还不灵光的时候，用石头砸他，又放恶犬追着他咬。全身鲜血淋漓的素盏呜不能有丝毫停留，就这样狼狈地逃出了高天原。

等到他翻过环抱高天原的山脉，时间刚好过去两天整。午后天色变得奇怪了起来，素盏呜攀上险峻的岩石来到山顶，向下远眺那养育他的部落坐卧的盆地，可目之所及，只有淡淡的白雾之海。很长一段时间里，素盏呜坐在岩石上，背后是漫天燃烧的晚霞。风从山谷间来，一如既往拂过他的耳际，再一次带来那阵阵低语：

"素盏呜啊，你在寻找什么？跟我来吧，跟我来，素盏呜啊……"

他终于站了起来，向着未知的地方，大踏步向山下走去。

晚霞渐渐退去，豆大的雨点砸了下来。他身上只剩一件单衣，项坠和佩剑早在被擒时就被抢走了。雨越来越大，毫不留情地砸向这个被放逐之人。山风凛冽，把他湿透的衣角死死糊在脚踝上，他只得咬着牙弓着腰，埋头前进。视野里只有层层叠叠的岩石和密密实实包裹住山谷的浓雾。昏暗的雨雾里，他已分不清耳边回荡的，究竟是风雨交加之声，还是河谷的流水声。

然而，此时素盏鸣的心中，有比这暴风雨更加凄绝的孤愤在肆虐。

二十四

踏在脚下的岩石终于变成了湿漉漉的苔藓，不久苔藓又变成了一丛丛茁壮的的羊齿草，接下来就变成了丈高的熊竹——不知不觉间，素盏鸣已深入山腹的森林之中。

走出林子没那么容易。暴风雨仍没有停下的意思，冷杉和铁杉的枝条搅动着暗雾，发出令人不快的呻吟。他一门心思想要下山，在竹林中横冲直撞，可茂密的竹林不断将他吞没，打湿的竹叶纷纷向他脸上飞去，就好像整个森林有了自己的意识，只为阻挡他前行。尽管如此，素盏鸣也没有停下的意思，他心中的怒火仍未将歇。这座充满蛮荒之息的森林，似乎能够给他宣泄怒火的快感。他不管不顾地拔起眼前的草藤，不时大吼一声，回应同样在呼啸的风雨。

正午刚过，终于有一条河径直挡住了他的去路，对岸是刀削般陡峭的绝壁。于是他沿着河流继续劈开竹丛前进。没过多久，一座在大雨激起的水雾里摇摇晃晃的藤桥出现在他面前。藤桥通往绝壁上方，隐约可见一座巨大的洞穴，正冒出缕缕炊烟。素盏鸣毫不犹豫地上了桥，来到洞穴前，里面有两个女人坐在篝火前，火光把她们的轮廓映得通红。其中一人是猴子样的老婆婆，另一人看着还很年轻。年轻的那个一见素盏鸣，马上尖叫着要往洞穴里面跑。素盏鸣一见洞穴里应该没有男人，马上冲进去，利落地擒住了那老婆婆。

年轻女子取下壁上挂着的刀，就要往素盏鸣的胸口刺去，被他一只手打掉。女子马上又捡起刀，不甘心地再次砍向素盏鸣，然而一瞬间的工夫，刀又被打落在地。素盏鸣捡起那把刀咬在嘴里，一口下去，刀就断成两节。他继续冷笑着，带着挑衅意味望向那女子，本来女子已经举起了斧头准备再一次进攻，可见状马上扔掉了斧头，伏在地上求饶。

"我饿了，给我弄点吃的。"

他松开了老婆婆，也走到篝火前快活地坐下，二人也老老实实地开始帮他准备吃食。

二十五

洞穴里十分宽敞。墙壁上悬挂着各种武器,在火光照耀下闪烁着美丽的光辉。地上铺满了鹿皮和熊皮,整个洞穴之中,都弥漫着一股不知名的温暖甜香。吃食这时已经备好,野味、河鱼、浆果、干贝……杯盘无不满溢。年轻女人坐在素盏鸣身旁,手执酒壶伺候他喝酒。近眼观瞧,也是一位肤白发浓的娇美女子。素盏鸣敞开肚皮狼吞虎咽,一扫而空。女子看他如此好胃口,孩子似的笑了。就算这时给她一把刀,也看不出之前的分毫剽悍之色了。

"好,我吃饱了,给我件衣服穿吧。"素盏鸣酒足饭饱,伸了一个大大的懒腰。女子走进洞穴深处,取出一件绢丝和衣,上面的精巧纹样是素盏鸣从未见过的。穿戴整齐,素盏鸣取下墙上一柄方头长刀,一转手配在身侧。接着他又走到篝火前盘腿坐下，女子小心翼翼走过来问道：

"您还有什么吩咐吗？"

"我在等这里的主人回来。"

"欸？这是为何呀？"

"我要和他比试一番，我可不想落下个劫掠女人的强盗恶名。"

"这样的话您不必在意，我就是这里的主人。"女子将垂在眼前的发丝掖在耳后，露出明艳动人的笑容。

"一个男人都没有？"素盏鸣大吃一惊，睁大了眼睛。

"一个也没有。"

"那这附近的其他洞穴呢？"

"每处都住着我的两三个妹妹。"

素盏鸣皱着眉头使劲晃了晃脑袋。明亮的篝火、地上的毛皮，还有墙上的刀剑——他甚至觉得这是一场怪异的幻觉。特别是这位披挂璀璨项坠和佩剑的年轻女子，宛如远离人世的山中仙姬。不过，在风雨交加的森林跋涉良久之后，这点怪异算不了什么。总之坐在这么温暖的洞穴里，还是相当舒服的。

"你有很多妹妹啊。"

"我们姐妹一共十六个。刚刚婆婆去叫她们了，一会儿她们都会来跟您打招呼。

如此说来，那个猴子样的老婆婆，确实不知何时，已没了踪影。

二十六

素盏鸣抱膝坐在洞中,侧耳倾听外面的风雨。女子又往火堆里添了新的柴火:

"请问……请问该怎么称呼您呢?我是大气都姬。"

"我叫素盏鸣。"

女子一听他报上姓名,惊讶地睁大双眼,再一次仔细打量这个粗鲁的青年,显然她听过素盏鸣的大名。

"那您之前一直在山那边的高天原国吧。"

素盏鸣无言颔首。

"听说高天原可是个好地方呢。"

闻言,素盏鸣心中将歇的怒火再一次在眼中燃起。

"高天原嘛……高天原啊,老鼠为大,野猪都怕。"大气都姬笑了,洁白的牙齿在篝火中闪着光。

"这里是什么地方？"素盏鸣冷硬地切换话题。女子含笑注视着他壮实的肩膀，一时间没有回答。于是素盏鸣不耐烦地重复了一遍刚才的问题，女子这才回过神来，娇媚的眼神似乎能滴出水来：

"这里吗？这里——是野猪为大的地方。"

这时，喧闹声传来，那位老婆婆领着十五位年轻女子进入洞中。她们个个面色红润，黑发束成高高的发髻，看上去丝毫没有被外面的风雨影响。她们分别和大气都姬问好，无比自然又娴熟地围坐在呆住了的素盏鸣身边。项坠的色彩、耳环的流光、丝绢摩擦的窸窣，占领了明亮的洞穴，让人顿觉拥挤不堪。

于是，一场与这深山毫不相衬的热闹酒宴就此开席。十六名女子围在他身边，不停劝酒。素盏鸣刚开始只是一杯接一杯地闷头喝，醉意上来之后，他也开始放开嗓门谈笑风生起来。姑娘们戴上华丽的玉珠，鼓起琴来；也有人擎着酒杯唱起哀艳的恋歌。洞里一时间只剩他们寻欢作乐的声音。

不知不觉间已经入夜。老婆婆又往篝火里添了新柴，点燃了几盏油灯，洞里瞬间亮如白昼。素盏鸣早已烂醉如泥，任凭前后左右的姑娘们摆弄。他被十六位姑娘调笑着争来抢去，不过身为大姐的大气都姬总是生气地呵斥妹妹们，然后独占素盏鸣。他忘记了风雨，忘记了群山，忘记了高天原，任凭自己沉溺在这脂香粉浓之巢。

哄乱之中,只有那名老婆婆静静地蹲在角落里,望着眼前的醉生梦死,不时嘲弄地眨眨眼。

二十七

夜深了。杯盘狼藉,不时掉落在地,发出扰人的声响。地上铺着的毛皮逐渐被桌上淌下的酒液濡湿。十六个姑娘个个醉得七扭八歪地横在那里,有的莫名其妙地大笑,有的难受地呻吟。老婆婆将油灯一盏盏熄灭,身后的篝火即将燃尽,发出焦炭的刺鼻气味。熹微的火光映照着素盏呜被十六名姑娘折腾得筋疲力尽的小山一样的身躯。

翌日,素盏呜醒来,发现自己已经从铺满丝绸毛皮的地上被转移到了洞穴深处,身下不是草编床垫,而是成堆的桃花。这就是昨日洞穴中不知名的奇妙香气的来源。他哼哼两声,瞪眼呆望了半天洞顶。昨夜疯狂的情景像梦一般浮现在他眼前,不知怎的一股火蹿上他心头:

"可恶!"

素盏鸣大喊一声，从床上跳起，大片桃花被他卷到半空。老婆婆还在准备早饭，大气都姬一众姐妹不见踪影。他飞快地穿好鞋子，配上那把方头剑，无视老婆婆的招呼，快步走出洞去。

微风吹来，瞬间驱散了他的宿醉。他抱起双臂，望向河谷，恬静的森林在风中起伏。环抱森林的群山凝聚着雾霭，光秃秃的山腰上尽是锐利的岩石。朝日初升，巨大的山峰沐浴在阳光中，俯视着他，就像在嘲笑他昨夜的荒唐。

看着群山与森林，洞穴中的空气突然让他恶心到想吐。那炉火、酒瓶，乃至榻下的桃花，顿时充满了令人作呕的腐败气息。尤其是那十六个女子，就好像用脂粉遮掩尸斑的僵尸。他朝群山长长地叹了一口气，默默低下头，走上那座藤桥。这时，神气活现的欢笑声再次在山谷间回荡起来。他不知不觉停下了脚步，回头向笑声来处望去。好像比昨日还要美丽的大气都姬和她的十五位妹妹，从通往洞穴的狭窄小路走来。她们鲜艳的丝袍绚烂夺目地翻飞着，一看到素盏鸣便急匆匆地朝他靠近：

"素盏鸣尊！素盏鸣尊！"

她们呼唤的声音像小鸟一样婉转动听。好不容易下定决心上桥的素盏鸣，再一次无可奈何地心神荡漾起来。他心里惊异于自己的真实欲望，脸上却挂上笑容，等她们过来，停下了脚步。

二十八

自那之后，素盏鸣一直和十六位姑娘生活在日长如春的洞穴里。眨眼间一个月过去了，钓鱼、饮酒就是他每天的活动。那时，河流上游的瀑布附近，桃花还在盛开。姑娘们每天早上都去桃香浸染的瀑布水潭里沐浴，他几乎每天都穿过上游的竹林，和她们同去。渐渐地，雄伟的群山、遍布河谷的森林，变得如死一般寂静，不再和他有任何交流。日出日落，每当他呼吸山谷间的空气，再也没有丝毫触动。可他自己丝毫没有察觉到这个变化。他还是心安理得地迎来注定饮酒作乐的每一天，沉浸在这如梦似幻的幸福之中。

然而，有一次在梦里，他回到了高天原，站在高高的山岩上眺望。日当正午，波涛奔涌的天安河闪烁着赤红的光。强风吹拂之间，难以言喻的寂寞一下子涌进他的心里，他随即大哭起来。听到自己的哭声,他马上醒了过来,脸上还有冰凉的泪痕。他马上起身,就着炉火残余的亮光环视洞中。和他一起躺在桃花榻上的大气都姬正安稳地睡着。这并不稀奇,可突然在素盏鸣眼里,那张熟悉的面孔竟和垂死的老妇无比接近。

一时间,恐惧与恶寒令他打起牙颤。他从温暖的榻上一骨碌爬下来,迅速穿戴整齐,避开那个猴子样的老婆婆逃了出去。夜已经很深了,洞外只有阵阵水声。他一走过藤桥,就像野兽一般,潜入在安静得一片叶子都不曾震动的竹林深处。夜空的星光、冰凉的露水、苔藓的气息、猫头鹰的注视……这一切都给他带来久违的清爽活力。他一直走到天亮,森林的日出很美。当铁杉和冷杉包围的天空染上赤红,他不由得大吼几声,祝贺自己逃出洞穴,重获幸福。

太阳逐渐升到森林上空,他发现一只停在树梢上的山鸠,却发现自己忘记带上弓箭,开始后悔起来,不过山里有的是可以充饥的浆果。可白日将尽,险峻的山崖在他眼中变得寂寞无比。悬崖下也有针叶林锋利的叶尖延伸过来,他在岩石一角坐下,望着夕阳不断下沉,想着洞穴的墙壁上挂着的斧头和剑。恍惚间他好像听见十六个姐妹的笑声,再次隐隐约约从山的那一边传来,充满难以言喻的诱惑,无可抵挡。他死死地盯着眼前的山岩和森林,就好像要把它们吃进肚子里,拼命抵抗这怪异的诱惑。

　　然而,那炉火微明的洞穴里的景象,就像看不见的网,悄无声息地捉住了他的心。

二十九

第二天，素盏鸣又回到了那个洞穴，十六个姑娘装作若无其事的样子，就像不知道他的出走。事实上，她们的感受力已经丧失到了不可思议的地步。一时间，素盏鸣为她们的麻木感到痛苦。然而一个月后，素盏鸣酗酒更甚从前，他开始沉醉于这种怪异的幸福之中。

整整一年的时间，就这样梦一般流逝了。

一天，姑娘们不知从哪里带回一只狗，那是一只浑身漆黑、壮如牛犊的公狗。一众姐妹，尤其是大气都姬，对它疼爱有加，完全把它当作人。开始素盏鸣跟她们一起捡些盘里的鱼肉丢给它，还会在酒后和它玩相扑解闷。狗有时抬起前脚，能把烂醉的他扑倒在地，这时姑娘们都会拍手起哄，笑话他的狼狈样。

黑狗一天比一天受宠。它现在和大气都姬一起吃饭，就用素盏鸣的杯盘。素盏鸣曾经对此表示不快，想要把狗赶出去，可大气都姬一听，那张漂亮的脸蛋就变了色，斥责他的专横。后来他再不敢与狗争长短来惹她生气，只得与狗一起用餐。那狗好像也察觉到素盏鸣对自己的厌恶，总是一边用舌头把盘子舔个干净，一边朝着他龇牙。

不过，那时素盏鸣的处境还算过得去。夏天快到了，可桃花仍然盛开不败，香气依旧弥漫在满是雾霭的山谷。一天，姑娘们先去瀑布沐浴，他随后跟上。可当他穿过竹林和落花，却发现水潭里陪在她们身边的是那只漆黑的畜生。他直接拔出腰间的剑，一剑向那只畜生刺去，可是姑娘们都护着它，素盏鸣始终施展不开。黑狗便趁机跳上岸，浑身还滴着水，湿漉漉地逃回了山洞。自那之后，姑娘们每晚争抢的不再是素盏鸣，而是那只黑狗。当她们欢宴之时，素盏鸣就蹲在洞穴的角落喝着闷酒，默默流泪一整夜。熊熊妒火在他心中燃烧起来，可他丝毫没发现自己嫉妒的对象是多么可笑。

一天夜里，素盏鸣在洞穴深处掩面哭泣着。忽然，有人从背后环住了他，在他耳边娇声呢喃。他意外地抬起头，就着远处火炉的微光，他马上看清楚对方的脸，接着怒吼一声，一下子将对方掀翻在地。那人躺在地上，发出痛苦的呻吟——正是那个腰都直不起来的、猴子样的老婆婆。

三十

将那老婆婆掀翻在地之后,素盏鸣像老虎一样站起身,脸上还挂着泪水。瞬间,他的心变成了蒸煮着嫉妒、愤怒和屈辱的坩埚。看着眼前嬉戏的一只狗和十六个女人,他抽出那柄方头剑,一头扎进了人群之中。那狗猛地一翻身,将将躲过他的一击。姑娘们围上来从两边拉住咆哮的素盏鸣,可他一下子就甩开姑娘们的手,又没命似的朝那只狗刺过去。可这一次没有刺中狗,刺中的是前来抢剑的大气都姬的胸口。她惨叫着倒在地上,其他姐妹见此惨景,尖叫着四处逃窜。一时间,洞内欢声笑语不再,取而代之的是灯台倒下的声音、刺耳的狗吠声、杯盘摔得粉碎的声音……宛如暴风肆虐而来,混乱不堪。

素盏鸣愣在原地,望着这一切,他突然有些不相信自己的眼睛。剑脱手掉落,他双手抱头,发出痛苦的低吼。接着他飞快地逃出了洞穴,好像脚踩着离弦的箭矢一般。

月空中浮着薄雾,显现出一种异样的青蓝。黑黢黢的枝条在森林上空交错,封锁住一片死寂的山谷,凶兆在其中悄然酝酿。他什么也听不见,什么也看不见,只是不停破开挂满露水的竹林,在竹林的起伏中埋头走着。一只夜鸟跳上一动不动的林梢,扑棱的翅膀上闪烁着点点磷光。日出时分,巨大的湖泊出现在他眼前,阴霾的天空之下,好似一整块铅板,毫无波澜。四方高耸的群山仍然充满夏季独有的枯燥而浓重的绿色,并不会因为他饱经人情冷暖、永远无法愈合的阴郁内心发生丝毫改变。他走出竹林,来到湖畔干燥的沙滩坐下来。远处,不时有一两只水鸟的身影从湖面浮现。

剧烈的悲伤席卷而来。在高天原,他一人可敌青壮无数;而如今,他竟然沦落到要和一只狗争高下的境地——他又掩面大哭起来,哭了很久。

天色不知不觉发生了变化,对岸被高山阻挡的天空劈下几道闪电,隆隆的雷声接踵而至。他坐在岸边,眼泪还是止不住地流下来。大风刮过竹林,预示一场暴风雨正在接近。湖水的颜色也忽然暗了下来,湖面开始泛起波纹。雷声仍未停止,对岸的山峰开始有烟雾升起,风带来森林的躁动,一时间暗下去的湖面,又渐渐亮得发白。

当素盏鸣抬起头,大雨如瀑,从天空倾泻而下,向他袭来。

三十一

对岸的群山已然隐没在雨雾中,大雨激起的烟气里湖面也不再波澜不惊。每当一道闪电劈下,激起层层波纹,似乎将湖面越推越远。其间仿佛在蹂躏着天空的隆隆暴雷也未曾停止。素盏鸣全身湿透,仍然站在湖边。此时他的心情,比天空还要晦暗迷蒙。一切都来自他对自己的愤恨,可就算尽情发泄这份愤恨——把脑袋往树干上撞也好、跳湖淹死自己也好,就算他一心求死,也总有最后一丝气力尚存。他的身心合起来,就像一条空空的破船,徒劳地望着不曾将歇的浪花,在纯白一片的豪雨里沉默地坐着。

天终于暗了下来,风雨更甚。突然,一片骇人又刺目的紫雾弥漫开来,群山、云雾、湖,都飘浮到了半空中,与此同时,一道足以震穿地心的炸雷响起,几乎穿透他的耳膜。素盏鸣马上站了起来，可接着就向前倒了下去。大雨毫不留情地拍打他倒下的身躯，他的脸已经被沙子埋住大半，可还是一动不动。不知过了多久，失魂落魄的他慢慢从沙子里站起来，面前平静的湖面像油一般卧在眼前，一道日光直直地穿过漫天云雾，落在对面的山顶，形成一条长长的光带。唯独光带覆盖之处，开始有鹅黄嫩绿之色凸显出来。

素盏鸣茫然地望着这一片祥和的大自然。天空、树木、雨后的空气，一如当初梦中所见，这种熟悉的感觉带来无边的落寞："我所遗失的东西，就藏在那座山里"——他贪婪地望着湖的另一边，如此想着。可无论在记忆中如何回溯，也很难发觉那遗失之物究竟是什么。

不多时，云影散去，日光再一次洒遍他置身的仲夏群山。覆盖山峦的那抹鲜绿终于再一次明艳地涌动在湖水之上。这一刻，他感受到一股异样的战栗，于是屏息凝神，侧耳倾听。不曾忘却的自然的呼唤，就像无声的巨雷，再一次从群山深处传来。

他兴奋地颤抖起来，颤抖着拜伏在那呼唤的威力之下。他趴在沙滩上，拼命塞住耳朵，可那呼唤声还是自顾自地钻进他的耳朵。湖面在日光照耀下熠熠生辉，似乎也在快活地回应呼唤。广阔的山水间，此时的素盏鸣，也不过是一个伏在岸边的又哭又笑的小人儿。

山中传来的呼唤，就像看不见的波涛，无视他所有的悲喜，一浪接着一浪，彻底漫过了他的头顶……

三十二

　　素盏鸣在湖水中洗去了全身的污秽，然后借着湖边的大枞树树荫，久违地沉沉睡去。他做了一个梦，那个梦就像深邃的仲夏夜空，一枚悠悠落下的鸟羽，静悄悄地降临……

　　梦里是一片昏暗，一棵巨大的枯树出现在素盏鸣面前。接着，不知从哪里走来一个大汉，看不清他的脸，但是男人佩带的高丽剑上雕刻的龙头却泛着淡淡金光清晰可辨。大汉旁若无人地拔剑插向树干，整个剑身便没了进去，只剩剑柄留在外面。素盏鸣见状不由得惊叹其神力，这时，有人在他耳边低语道：

　　"那是火雷命。"

　　这时，大汉无言地抬起手，向他的方向打了个手势，不知怎的，素盏鸣便觉得大汉在示意他，由他来拔出那把高丽剑。

于是他马上醒来，茫然起身。微风吹拂枞树的树梢，树梢之上的夜空已经撒满了明亮的星星。湖面闪着白光，竹林起伏着，空气里有苔藓的气味，静谧的夜晚再次降临。素盏鸣回味着那个梦，慢吞吞地环顾四周。就在离自己不到十步远的地方，他真的发现了一棵和梦里一模一样的枯树，枯树已经被刚才的炸雷劈裂，树根下散落着不知名的针叶和枝条四散开来。当他走近那棵枯树，踩上针叶堆，才彻底发觉刚刚发生的并不只是梦——一把剑柄饰有龙纹的高丽剑，正深深插进树干之中，只留剑柄在外。

素盏鸣双手抓住剑柄，使出全身的力气，一下子把剑拔了出来。剑身就像刚刚打磨过一般，从剑柄到剑尖散发冷锐的光芒。神明正护佑着我，素盏鸣如此想着，心中涌起全新的勇气，于是他跪下，虔诚地祈祷起来。祈祷完毕，他重新回到那棵枞树下抱着剑沉沉睡去，陷入了持续整整三天三夜、如同死去一般的深眠。

三天后，素盏鸣醒来，再一次到湖中沐浴。当他走到岸边，风平浪静的湖水，连岸边的细沙都不曾搅起。湖面像镜子一般，他从头到脚都鲜明地映在上面——一如高天原时代的强壮身心，以及可以封神的丑陋面孔。

只是，一道皱纹已不知不觉爬上他的眼底，把这一年的伤痛深深刻了进去。

三十三

自那之后，素盏鸣常常一个人漂洋过海、翻山越岭，在各种各样的国家之间游历。不过，无论哪一个国家和部落，都没能留住他的脚步。因为各国国民虽面孔各不相同，其心却和高天原之民如出一辙。他本来就对高天原毫无留恋，虽然途经各国时会伸出援手，却从没有就此成为哪一国的国民，安度晚年的意思。

"素盏鸣啊，你在寻求什么？跟我来吧……跟我来吧……"在风的一声声召唤下，从湖边开始的漂泊旅途，已经持续七年之久。第七年的夏天，他在出云国的簸川，撑着独木舟逆流而上。两岸的芦苇十分繁茂，岸上便是高大茂盛的松林。松林茁壮的枝条层层叠叠，一直蔓延至阴云笼罩的山顶。山峰上不时有两三只鹭鸟振翅而过，只留空中几道斜斜的残影。除去鹭鸟的残影，河川一带弥漫着突兀又骇人的死寂。素盏鸣靠在船头，狠狠地吸了一口烈日炙烤之下的松脂气味，就这样吹了好久的风。事实上，对于习惯了冒险生活的素盏鸣来说，这孤寂的河川之景在他眼里，就像高天原的大道一样，不过是很平常的一段路。

船行至黄昏之时，两边河道也已不断收窄，岸边的芦苇也稀疏了起来。岸上也是一片荒凉，歪七扭八的松树根交缠在泥水里。素盏鸣心里琢磨着今晚可以过夜的地方，于是开始仔细观察岸边。松林的枝条已经延伸至水面上空，像铁网一样交缠，仿佛独独是为了阻挡人们向深处窥探的目光。大约时常有鹿经过松林去河边饮水，在松林中留下了空隙，透过空隙看去，便是怪异的赤色大蘑菇、黑暗之中扎堆的朽木。

暮色渐沉，素盏鸣忽然发现远处水边一块岩石上，似乎坐着一个人。可整条河流沿岸，直到刚刚为止都没有一个人影。他不由得警觉起来，盯住那人，手里握紧高丽剑，慢慢靠着独木舟的船舷站起身。独木舟顺流前进，渐渐靠近那块石头，坐在石头上的人，轮廓也越发清晰。那是一个身穿素白拖地长裙的女子。素盏鸣的好奇心一下子被激发出来，马上登上船头。松枝交缠的昏暗天空下送来一阵微风，吹起独木舟的帆，一寸一寸地向那块石头靠近。

三十四

　　船终于在石头前停靠下来，岩石上松树的枝条，长长地垂下来。素盏鸣利落地收起帆，一手抓住垂下来的松树枝，双腿发力，踩着岩壁攀了上去。独木舟经这么一震，剧烈地晃了起来，船头顺势擦过岩石上覆盖的青苔，停泊不动了。

　　那女子未曾发觉有人接近，仍旧伏在石上哭泣着。等她抬起头来，一看到从船上爬上来的素盏鸣，吓得尖叫起来，赶忙扒着岩壁躲进巨松的阴影里。这时的素盏鸣还单手攀着岩壁，停在半空中，他赶紧对那女子喊道："请等一下！"这时，他的另一只手刚好够到女子拖在身后的裙裾，赶紧使劲一拽，女子便马上摔倒在地，不禁吃痛地呻吟起来。接下来也没有起身的意思，就这样倒在地上继续抽泣着。

　　素盏鸣把手里的松枝拧成两股，轻巧地飞身落到岩石上面。他拍拍女子的肩膀说：

"请你放心，我不会伤害你的。只是我坐船经过，听到你一个人在这种地方哭得如此伤心，就停了船来看下情况。"

女子终于抬起了头，怯怯地看向被暮色和水汽笼罩的素盏鸣。那满溢着哀艳的面孔，让他想起无数次在梦中重现的、往昔的夏日夕阳，就在这一刹那，一切好像又回来了。

"所以发生什么了？你是迷路了，还是遇到坏人了？"

女子无言地摇摇头，琅玕项链的串珠随之碰撞，发出细微的声响。看到女子小孩子般稚拙的反应，素盏鸣不知不觉微笑起来。那女子见状，也马上反应过来，眼见着羞红了脸，再一次沉下湿漉漉的眼睛。

"那——那你有什么难处？也不用顾虑，告诉我吧，只要我能做到的，都会尽力帮你的。"素盏鸣温和地安慰女子，女子也终于安下心来，断断续续道出事情原委。原来，她父亲是这条河流上游一个部落的族长，名叫足名椎。近来部落里暴发疫病，接连有人丧命。足名椎赶忙找到巫女去求问神明的旨意，却得到一个惊人的答复：只要把叫作栉名田姬的女子，献祭给高志大蛇，一个月内，部落所有人都能得救。于是部落里的年轻人乘船跋涉至此，将她送到这块遥远的巨岩上，之后就离开了。

三十五

素盏鸣听罢,愉快地回头望向黄昏之中的河川。

"高志大蛇,究竟是什么怪物?"

"听人说,它有八头八尾,其长可盘踞八座山谷。"

"原来如此,好家伙,已经很多年没有遇到过这种怪物了。光是听你讲,我的干劲就起来了。"

"您准备杀死那大蛇吗?"望着志在必得的素盏鸣,栉名田姬清澈的双眼此时充满了担忧。

"现在这里大蛇随时可能会出现,您还是——"

"我要除掉大蛇。"素盏鸣毫不犹豫,抱着双臂静静往岩石下走去。

"话虽如此,那大蛇可是非同一般的神明——"

"是这样没错。"

"万一您受伤了——"

"确实有可能。"

"反正我早已准备好做大蛇的祭品,您又何必——"

"等等。"素盏鸣没有停下脚步,大手一挥,好像在驱赶什么看不见的障碍,"我不想眼看着你成为怪物的牺牲品。"

"就算是这样,大蛇那么可怕——"

"你想说,那东西是无敌的嘛。就算它是无敌的,我也会和它战斗到底。"

"将我献祭给大蛇,是神明的旨意。"栉名田姬涨红了脸,手里摩挲着饰带上系着的镜子,无力地反驳道。

"或许是这样。但如果没有献祭这个旨意,你也就不会一个人出现在这里。这样看来,神明的旨意也许不是要你献祭给大蛇,反而是要我去除掉它。"

素盏鸣走回栉名田姬身前,那一瞬间,庄严的神威在他丑陋的眉目间磅礴而出。

"但巫女说——"栉名田姬的声音已经小得几乎听不见。

"巫女只能转达神明的话,却不能解答神明所出的谜题。"

这时,两头鹿突然从幽暗的松林里蹿出来,一下子跳进水光微明的河中,激起一阵水雾,四只角靠在一起,拼死向对岸游去。

"鹿吓成了这样……难道是它来了?!是它,那恐怖的神——！"桩名田姬彻底失去了理智，只管紧紧抱住素盏鸣。

"是呀，终于来了，解开神明谜题的时刻！"

话音未落，素盏鸣望向河对岸，慢慢伸手抚上了高丽剑的剑柄。狂风暴雨般的吼声，在一瞬间从松林席卷而来，撼动了群山之上、疏星闪烁的天空。

大正九年五月

二

邪宗门

一

上回说到，第一代主公那座骇人无比的地狱变屏风的由来。这回便讲一讲少主一生之中唯一一件不可思议之事。不过在此之前，需先交代主公因患怪异急病骤然薨逝时发生的事情。

少主那年刚满十九岁。回想起来，虽说是怪异的急病，其实从半年前开始，府内便有种种凶兆显现：有流星划过府邸上空；庭院里的红梅未到季节便突然尽数盛开；马厩里的白马一夜之间全部变成黑色；池塘里的水飞速干涸，只留下鲤鱼鲋鱼一条条干死在泥里。其中最恐怖的，还是一位夫人，在梦里看见天上降下一辆由人面兽拉着燃着熊熊火焰的车，就跟烧死良秀女儿的那辆车如出一辙。车中还不断传来温柔的呼唤："恭迎主公。"拉车的人面兽发出怪异的嗫嚅声，抬起头来一看，昏暗的梦境里，只有那血色的唇无比清晰。夫人终于吓得尖叫着醒来，这时她已经全身冒冷汗，心跳声宛如早钟一般震耳欲聋。所以上自正夫人，下至我等仆从，都满心忧愁地将阴阳师的护符贴在每一扇门上，又召集诸多经验丰富的法师，开展多种法事。可业障如此深重，也实难避开。

一日，天降大雪，极寒的天气里，主公却在从今出川大纳言①大人府上归来途中，在马车里突发高热，到达自家宅邸时，口里只是不断重复着："有了，有了。"全身发紫，那颜色就像被褥的白绫衬底烧焦的颜色。主公躺下之后，全府的法师、医师、阴阳师几乎呕心沥血、拼上性命治疗，可高热却不降反增。最后，内殿传来重物滚落在地之声，接着狂乱嘶哑的叫喊声传来，那声音几乎分辨不出是主公。

"啊——！身体里烧起来了，这烟是怎么回事！"

仅仅三小时过后，主公再也发不出任何声音，这便是他悲惨的最后。如今回想起来，萦绕在窗间的护摩仪式②的焚烟、泪流满面四处游荡的夫人们的红裙、一脸茫然的医者和术师——那时的悲伤、恐惧之感至今仍然痛彻心扉，哪怕在下只想长话短说，还未开口，泪水便已止不住。

---

① 今出川是日本位高权重的贵族藤原家系的姓氏之一。大纳言是日本律令制时代的官职，位同副相。
② 一种焚烧仪式。

然而，当年的少主，虽年岁不大，可丝毫不见慌乱神色。只是沉着阴青面庞，静坐在主公的枕边。少主那仿若嗅闻磨好的剑刃一般的神情，真是刻骨铭心，那是一种能让人冷静下来的奇妙的可靠之感。

二

虽说是亲父子,可是如主公和少主一般、从外貌到性子都截然不同的,也实属罕见。众所周知,主公乃是丰满身材,而少主乃是中等身材,瘦得出奇;主公容貌可谓是神将雄风,可少主却生得一副柔美女相,简直是和貌美无比的正夫人一个模子刻出来的。细而长的眉,清澈的眼,开口说话时,嘴角总是稍稍歪斜着。可少主的气质中,似乎总是潜藏着一层幽暗的深影,尤其是穿戴完毕后的样子,与其感叹气宇轩昂,不如说神威寂寂,蛰伏其身耳。

不过,要说主公和少主最为不同之处,还是二人的气质。主公,总是豪放雄伟,时时刻刻都气势惊人;而少主则偏好纤细之感,时刻追求优雅的意趣。比如,从主公府邸堀川御所便可窥见主公的心性;而少主在若王子一带建造的龙田院,规模虽小，却恰如菅相丞[①]的和歌所咏："满庭红叶之间，一道清溪流过，无数白鹤徜徉其间。"用如此景致形容少主雅趣可谓是恰如其分。

正因如此，主公热衷勇武之事，可诗歌管弦才是少主之最爱。少主常忘记身份之矜贵，与个中名士大家亲密无间地合奏。少主对诸般乐艺不仅喜爱，还长年潜心钻研，至今为止，除了笙以外没有他不会演奏的乐器，可谓是继颇负盛名的帅民部卿以来，唯一富有三舟之才[②]的人。直到现在，大殿一族的和歌集中，还收录着很多少主的作品。其中评价最高的，仍然要属那个良秀在画五趣生死图期间，龙盖寺在举办佛事时，少主听到两名唐国人的问答后，吟咏出的那首和歌。

那时，那两名唐国人正欣赏着铸有两只孔雀衔八叶莲花纹样的铜磬，一名随即吟出一句"舍身惜花思"[③]，另一名即和道"打不立有鸟"。此对一出，在场众人皆不解其意，议论纷纷。少主听闻，旋即提笔于配扇背面，流利地写下那首和歌，

---

① 日本平安时代中期公卿，学者。日本古代四大怨灵之一。长于汉诗、被日本人尊为学问之神。常被写作北野、天神、菅相丞。
② 意为在汉诗、和歌、音乐三个领域都精通的人。
③ "舍身惜花思，打不立有鸟"，出自《古今著闻集》，作者不详。体裁为连歌，采用该时期具有代表性的汉诗、和诗与连歌交互的形式。该连歌为汉连歌，"舍"对"有"，"花"对"鸟"，"惜"对"立"，大意为：只有死去之后才能体会生的珍贵，就算劝诫活着的人珍惜，也很少会有人在意。

字迹更是赏心悦目,接着这扇子便被赠予周围的人群。上书:

惜花爱花,舍去此身便罢。

打去,枝头鸟不飞。

三

主公同少主,诸事都是不太合拍的,两位大人的关系也欠缺和谐。坊间传闻他们的争端是因为看上了同一位侍女,当然这般离谱的事情是不可能的。如果我没有记错,二位大人的隔阂,自少主年方十五六之时,便已初见苗头。就像在下之前所讲,少主独独不会吹笙,也是和此事有关。

那时少主对笙极其感兴趣,还拜入了一位远房表兄熟识的中御门少纳言门下。这位少纳言继承了代代相传的名笙伽陵[①]和大食调入食调[②],乃是一位绝代乐师。少主在少纳言的指导下,经年累月地磋磨乐技,希望有朝一日能得大食调入食调真传。可再三恳求之下,少纳言仍不肯传授于他。年少如少主,

---

[①] "名笙伽陵"是印度古梵文的音译,意思为妙声鸟或美音鸟,是佛国世界里的一种神鸟。
[②] 商调乐律名。本作大食调。

也只能不停恳求下去。一天与主公下双六棋时，少主偶然间表达了自己的不满。主公听闻，一如往常地潇洒一笑，安慰道："不必为此事牢骚，有你得到乐谱的那一天。"

不过半月，中御门少纳言便在从堀川府邸归来的途中突然咯血身亡。这段先暂且不提，只是翌日，少主走进会客厅时，无意间却发现那只伽陵笙以及大食调入食调乐谱，早已不知被谁放在了自己螺钿镶边的桌上。

后来，两位大人再一次对弈双六棋时，主公志得意满地询问少主：

"最近，笙的技艺可有更上一层楼？"

"不，我再不吹笙了。"少主只是静静凝视着棋盘。

"为何放弃呀？"

"聊表对少纳言大人的吊唁之情罢了。"

少主盯着主公的脸，可主公就像完全没有听到一般，反而用力落下一子，若无其事地将棋局继续下去：

"这一局也是毫无悬念哪！"

就这样，这段对话彻彻底底地结束了。父子之间的嫌隙也是自那时起，逐渐深重起来。

四

后来直到主公薨逝,这对父子的关系就如同一对在空中盘旋、窥视对峙、互不相让的苍鹰。然而就如前文提到的,少主最厌恶争吵斗狠,故而未曾反抗主公的任何所作所为。只是那轻微歪斜的嘴角,不时会浮起讽刺的微笑,吐出一两句尖刻的讽刺之语。

那段时间,京城内外传得沸沸扬扬,说是主公遇上二条大宫前的百鬼夜行,却在其中畅行无阻。少主对在下讥讽道:

"不过是妖魔遇上鬼怪罢了,父亲大人未曾受伤再正常不过,算不得什么奇事。"

那之后,东三条的河原院夜夜有融左大臣[①]的亡灵现身,

---

① 官职。

被主公一声暴喝吓退之后，少主仍是歪着嘴角嘲笑道：

"融左大臣不是以歌咏风月之才著称的吗，那么遇到父亲大人必定连一句话都说不到一起去，不消失倒怪了。"

这种话到了主公的耳朵里自然是刺耳无比，每当少主说完，主公也只能苦笑了之，但脸上的愠怒之色却是显而易见。

一次主公乘车从内里的赏梅宴回来，拉车的牛伤了一位老人。而那老人却双手合十，说能被主公的牛撞到是福气，像对着大人物一般对那头牛拜了起来。那时少主赶在主公开口之前，对着牵牛的童子说道：

"蠢货！反正车头已经偏了，何不直接轧死那个下贱东西。反正那老头子受了伤还高高兴兴地作揖行礼，要是索性在车轮下便往生去了，说不定还有圣众来迎，不知道得有多高兴。如此一来父亲大人的名誉就又能拔高一筹了，你这个东西，安的什么心！"

如果当时主公的心情欠佳，一定马上就会抡起手里的扇子就打。我等下人只有心惊胆战地候在一边，然而少主却微笑得灿烂，露出一排美丽的牙齿，一脸无辜地说道：

"父亲大人，父亲大人，别生气。看样子这牵牛的再也不敢了。下一次一定打起十二分的精神，好好地轧死一个人，让您真正名震四方。"

闻此，主公也终于让步，苦着一张脸，并未作出什么反应。

正因是这样的一对父子,所以看到主公临终时守在一边的少主的样子,我丝毫未曾疑惑。时至今日,想起当时那好似嗅闻刀刃的气味的身影,那不知缘由的微妙踏实之感,让我的心中也出现了某种改朝换代的预感——好像不只这座宅邸,天下的日影都要一下子从南转到北方。

五

自少主继而成为家督①之后,整个府邸的氛围便有如春风拂过一般,变得闲适起来。举办吟咏集会,赏花集会,乃至艳书集会的次数都比之前多得多。从各房夫人开始,乃至女官侍婢,起居习惯皆变得宛如从古典绘卷里走出来那般雅致风流。不过,变化最大的还是进出府内的各位贵客,如今,无论是怎样的当朝风云将臣,若是在艺术上一窍不通,是断断入不了少主的眼的。哪怕是无官无位的武士,只要精通诗歌管弦,少主对其也丝毫不吝赞美。

就好比一个秋夜,月光照在窗上,有织机的声音传来,少主忽然传召一位新入门下的武士过来,急忙对他说:

---

① 户主。

"你也能听见织机的声音吧？以此为题，作一首吧。"

武士听闻，偏头想了想，咏出一句："青柳绿丝——"

这头一句的意向便不合季节甚是滑稽，侍女们一听都忍不住笑了起来。

"——缱绻夏去，秋日织机啼鸣。"

年轻武士用爽朗的声音吟咏完毕。片刻寂静之后，月光下的窗格门被拉开，少主赐给他一件荻色直垂[①]。那位年轻武士其实是我姐姐的独生子，和少主差不多大。效力之初便有如此恩赐，之后也是常常受赏于少主。

少主的日常生活也大抵如此。后来迎娶了正夫人，官位连年晋升，都是世人皆知之事，且按下不表。书归正文，还是要着重讲一讲少主这一生绝无仅有的奇事。与主公不同，少主虽有天下第一好色的名号，可一生平安顺遂。脍炙人口的逸事，也仅此一件罢了。

---

① 一种武士礼服。

六

主公薨逝五六年之后的那段时间，少主给前文提到的中御门少纳言，那位大人的独生女，一位以美貌著称的公主，写了很多情信。直到现在，我等偶然提起当年少主的热情，少主听了，还是会开心地笑起来，自嘲一般洒脱地说：

"老爷子呀，要说起余当年，根本无视广阔天地，一门心思地写那些拙劣的诗，现在想想，都是由一个情字所起，就像不小心踩了狐狸冢发了疯。"不过，当时少主真真如同变了一个人，全部心神都沉浸在恋情之中。

然而，朝思暮想着那位中御门公主的人，也不止少主一人。那时节，公主几乎是所有的贵族子弟的倾慕之人。少纳言去世之后，公主一直住在父亲留在二条西洞院的府邸。好色的风月之徒，或是乘车而至，或是徒步行至，府邸门前络绎不绝。后来甚至有传闻,一天夜里有两只立乌帽子①在府邸的梨树下吹笛子。

当时,有位文采出众的秀才菅原雅平也爱上了公主。可这份未果的恋情终究转为愤恨,使他抛却红尘,不知所踪。有人说他流浪到了筑紫②的尽头,有人说他远渡东海去了唐国。那位大人也和少主私交甚密,在出发前曾传来消息,自比苏东坡,又将少主比作白居易。如此绝顶风流才子,只因为一段无果之恋,便将自己放逐至荒疆边土,无论那位公主如何美貌,也是令人扼腕叹息。

不过话又说回来,也是能够理解的,毕竟那位中御门公主的美貌确实堪称绝代。在下有幸见过两次公主玉容,公主目光低垂,身着绣着柳樱纹样、穿珠饰玉的外裳,在大殿的油灯下璀璨夺目,那光辉之中的姿容真是让人永世难忘。公主更是心胸豁达之人,一眼便能看穿殿上的乌合之众。这些满不在乎的人,就像自己抱在怀里玩耍的小猫,过了新鲜劲,便再也不会爬到自己膝上来。

---

① 日本传说中盘踞在铃鹿山道的女盗贼所变的妖怪。
② 日本地名。

七

　　一心思慕公主的人，宛如竹取物语①描绘的那样数不胜数，堪称邪门。其中最为痴迷的就是左大弁大人，这位大人生得黝黑，被京都一众小混混戏称为乌鸦左大弁。大人能言善道却有些气量狭小，虽然无比倾慕公主，但从来没有自己坦露过心意，就算是和同龄朋友也未曾提起。然而想要见到公主的心情却是无论如何也压抑不住的。最令大人窘困的是，诸位好友总是千方百计地盘问他，试图问出他的真实想法，令大人苦不堪言。终于，大人想出一个应对妙策，逢问必答：

　　"不不，日思夜想的并不是我。实际上是公主有所表示，我才会如此。"

---

① 日本传说，伐竹翁从竹子里取出的三寸大的小女孩，实为神女。后出落成绝世美人，仰慕者不计其数，甚至包括当时的天皇。

如此说辞编排久了，少主原大人一时兴起，便想让说辞变得彻底可信起来，从公主赠予的诗文短歌里，搜罗捏造出公主因单恋备受煎熬的证据。有一名友人素喜玩笑，半信半疑间，迅速伪造了公主的书信，随手折来藤枝一节，一同送到左大弁大人府上。

收到书信的左大弁大人自然是激动得心潮澎湃，慌忙拆信观瞧，哪承想公主语气中竟极尽哀婉，对左大弁大人相见甚难，爱而不得，既然这痴情不得善果，便决意出家为尼。左大弁大人是无论如何也想不到公主竟是这般痴情，一时间心头悲喜难辨，一双眼只是茫然地看着手上的信，长叹一声。不过事已至此，必要见公主一面，当面诉说衷肠。梅雨连绵，左大弁大人携一童子，撑着伞来到二条西洞院的宅邸前，可无论如何叩门，门锁丝毫未曾响动，门也纹丝不动。入夜之后，行人渐稀，空旷的土路上只有蛙鸣不断回荡。雨越发密了，大人的衣衫渐渐湿透，眼前也模糊起来。

良久，府门终于打开，一位和我年纪相仿，名叫平太夫的老臣递出同样一封系着藤节的信，又一言不发地关上了门。

左大弁大人当场便流下泪来，回府便打开信来瞧，只见一首年代久远的和歌：

我之衷肠，君之无妄，衷肠断，无须叹。

显而易见，想必那位热衷恶作剧的年轻人已将这般经过，连同乌鸦左大弁一直以来的无知做派，早早告知了公主。

八

讲到这里，各位可能会觉得，这位中御门公主的种种行径，和一般的公主相去甚远，就像是编造出来的。不过在下所言，皆为引出在下侍奉的少主的事迹，实无扯谎之必要。

当年京中盛传，这位公主十分奇特，素喜虫蛇，乃至亲自饲养。不过公主传闻甚多，与本传关联不大，便不在此多加赘述。自从中御门大人及夫人过世后，公主便一人隐居在府内，只有上文提到的平太夫为首的一众男女侍从伺候。双亲留下的家业甚厚，公主的生活也未曾有任何困窘，于是便养成了豁达随性又果敢的性情。

如今这世上，流言总是不嫌多的。有人说公主实为主公同中御门少纳言的正夫人所生，中御门少纳言大人的薨逝，实是遭了妒恨仍存的主公的毒手。可少纳言大人的死因正如前文所叙，流言实为捕风捉影，否则少主又怎会倾心于公主呢？

据说，起初无论少主如何展开热烈的攻势，公主大人待他却比任何追求者都要冷淡。在下那同样侍奉少主的外甥，曾同乌鸦左大弁一样，携少主的亲笔信前去公主府上叩门。可那个平太夫却独独视堀川府邸的家臣如仇敌。那是一个春日，梨花落得满地芳香，那平太夫挽着丝柏皮狩衣的袖子推开门，露出个花白的脑袋，咬牙对外甥说道：

"呔！你小子是不是小偷！是的话饶不了你！你一只脚踏进这道门，我平太夫的太刀就能把你砍成两半！"

如果在场的是在下，大约得挨上几刀。但外甥却平安无事归来，他用道上散落的牛粪代替石子，附上信从墙头上扔了进去。如此屡试不爽，可公主虽说收到了信，自然不会回信。可少主一如既往、每隔三日便递上新作的和歌，或是品相颇佳的绘卷，连续三月未曾间断。就像上文少主自嘲之语：

"那些拙作，都是拜余当年痴心苦恋所赐呀。"

九

那时节,京中还出现了一位相貌颇异的僧人,大肆传播百姓闻所未闻的摩利教。这件事在当时闹得沸沸扬扬,各位看官应该也有所耳闻。后来一些话本之中,常常讲到有天狗自震旦[①]渡海而来,恰逢染殿[②]大人的正妃被鬼上身作祟,其实就是在比喻这个僧人的事迹。

说回在下初见那位僧人,也是在那段时间。记得那是一天中午,正值樱花漫天、淡云蔽日的好天气,在下帮少主跑腿,回程路上经过神泉苑外,矮墙前人头攒动,一眼望去,有揉乌帽、立乌帽,甚至还有高高的女笠,少说也有三十多人,

---

① 印度古称。
② 平安时代前期公卿藤原良房,世称白河殿、染殿的藤原良房。

其中不乏跨着竹马的孩子，嘈杂吵闹乱成一团。有人发狂一般地手舞足蹈，仿佛被福德大神降了神。在下还以为又是哪个近江国来的粗心商人被水贼抢了行李，于是在人群后面远远地看过去，只见那僧人立在人群正中，就像个叫花子，嘴里念念有词，一只手撑着一支旗杆，上面挂着一面非常陌生的女菩萨画像。这僧人大约三十岁，皮肤黝黑，吊眼角，一头鬈发搭在肩头，黑色的法衣皱皱巴巴，脖子上挂着奇怪的金色十字护符，实在和一般的法师相去甚远。远远望去，清风荡漾间，这位法师沐浴在神泉苑漫天飘飞的樱花之中，姿态甚异，已不似人类，更像是智罗永寿①的亲族，在那法衣之下，或许就藏着巨大的双翅也未可知。

这时，在下身边的一个强壮的铁匠，一下子从一个孩子手里夺过那竹马，咬牙怒骂着直冲那僧人的面门打了过去：

"混账东西，竟敢说地藏菩萨是天狗！"

可即便挨了打，那僧人还是露出令人恶寒的微笑，甚至把那旗杆举得更高，女菩萨画像在落花风里翻飞不止。他大声呵斥，气势非常：

"就算今生尽享荣华富贵，若有悖天上皇帝之教诲，身死之后便会堕入阿鼻叫唤地狱，受永恒业火灼烧，永不得解脱。

---

① 传说中来自印度的天狗。

鞭笞天上皇帝之使者、摩利信乃法师者,无须命尽之时,翌日该当诸天童子之罚,身发白癜而亡!"

那铁匠看着狂乱的僧人,挂着竹马,愣在了原地。

十

不过一眨眼的工夫，铁匠便回过神来，马上气势汹汹地再一次骂道："还不闭嘴？！"接着就向那僧人扑过去。包括在下，都觉得那支竹马一定会狠狠地落在僧人的脸上。可实际上僧人被太阳烤得黝黑的脸上，只擦出一条蚯蚓一般的肿痕，那竹马横扫过一丛青绿的竹子，竹叶上还有落花停留。应声倒地的并不是僧人，而是那个铁匠。

发生了这种事，恐慌情绪便立马扩散开来。管他是揉乌帽子还是立乌帽子，全都四散奔逃。而那铁匠则仰面躺在僧人脚边，真如同癫痫病人一般口里不断吐出白沫。僧人试探了一下他的呼吸，便看向周围留下的人群，盛气凌人地宣告：

"看吧！我说的可曾有假？诸天童子已将不可视之剑降于恶人之身。他该庆幸自己的头颅未曾粉碎，血染整条都大路。"

就在这时，鸦雀无声的人群里突然响起哭声。刚刚拿着竹马的孩子连滚带爬地奔到倒下的铁匠身边，半光的脑袋上扎着的发辫晃来晃去：

"爹爹！爹爹醒醒！爹爹！"

无论孩子如何呼唤，铁匠仍不见苏醒，微霾的天空下，裹挟花香的风未曾停止，他的嘴角仍不断冒出白沫，一直流到白色的水干①前胸。

"爹爹，醒醒啊。"孩子还在呼唤着，见父亲还是没有反应，一下子血气上涌，两手抓起父亲手里的竹马跳起来，猛地冲向那僧人，抡起胳膊就要劈下去。而那僧人还是一脸令人恶寒的微笑，轻松用旗杆挡开，语气竟柔和了起来，劝那孩子道：

"这便不好了。你失去父亲并不是我摩利信乃法师的罪过，更何况，你如此待我，你父亲就更无生还希望了。"

与其说孩子想通了个中道理，不如说他也自知敌不过那僧人。手上又挥了五六次，终于哭丧着脸，站在大路中间不动了。

---

① 一种礼服。

十一

摩利信乃法师满面笑容地走到孩子跟前说道:

"看来你也是个讲道理的懂事孩子。听话的孩子,诸天童子也会垂怜,想必很快就会将你父亲唤醒吧。我现在就开始祈祷,你也学我的样子,祈求天上皇帝的慈悲吧。"

法师双臂大开,撑着旗杆当街跪下,恭敬地垂下头,闭上双眼,口里高声诵起古怪的陀罗尼①来。法师周围已经围了一圈人观望这不可思议的加持之法,在下自然也是其中之一。那之后不知过了多久,大约半个小时之后,法师终于睁开双眼,缓缓地将手伸出去,同时那铁匠的冰凉苍白的脸,眼见着重新泛起了血色。他痛苦地呻吟了一声,又吐了一大口白沫。

---

① 真言密教的梵文,一种咒文。

"呀！爹爹活过来了！"

孩子扔开竹马，高兴地小跑到父亲身旁。铁匠却没有抱起孩子，宛如酒醉一般呻吟着，慢慢挣扎站起身。法师也心满意足地悠悠起身，那面女菩萨画像在这对父子头顶飘扬，恍如遮天蔽日。他庄严开口：

"天上皇帝之威德宛如苍天广大无边，如今你可信了？"

父子俩这时紧紧地抱在一起，再一次跪倒在地，恐怕是惧于法师的法力，早已魂飞天外。二人颤抖着仰望着女菩萨画像，毕恭毕敬地合掌参拜。我等围观人群中，也有两三个人摘笠脱帽，对那画像拜了起来。可在下总觉得无论是这法师还是画像，总有一股魔道气息，甚是可疑，于是看到铁匠转醒便赶忙离开了。

后来听人谈起，法师所传摩利教乃是震旦传来的教门，法师自己，则是出身本国抑或来自唐土，说法不一。也有人说，法师非是本国出身更非来自震旦，而是来自天竺。白日里便如常于街上行走，夜晚那黑色法衣便会化作双翼，盘旋在八阪寺上空。如此种种，传言没头没尾，大约并不可信。然而既是传言，便有其流传之理由。究其原因，便是这位摩利信乃法师的种种事迹，确实玄之又玄。

十二

先是这位摩利信乃法师治愈了很多病人,那奇异的陀罗尼发挥效用只需一瞬间,便可使盲人复明,哑巴开口,如此种种不胜枚举。其中最广为流传的便是治愈了困扰摄津守已久的人面疮。摄津守为霸占外甥之妾室,将外甥遣往远地,现世报便是左膝之上生出了如同外甥面孔的人面疮,日夜痛入骨髓,摄津守不堪其扰。可经法师超度之后,那人面疮的神情竟柔和下来,那好像嘴巴的地方最终发出了一声"南无",接着疮面便整个消失了。除此之外,无论是被狐狸还是天狗,抑或被其他不知名的妖魅鬼神夺舍,只要那枚十字护符贴到头顶,妖邪便会像狂风里裹在树叶里啃食的虫子,只有马上乖乖落地的份儿。

使得摩利信乃法师声名大噪的,也不仅这些事迹。正如在下在路上所见，凡是诽谤摩利教，批评其信者之人，当场便会被法师降下恐怖的神罚。井中涌出腥臭的血水，家田的稻子一夜之间被蝗虫啃食殆尽，更有白朱神社的巫女曾要咒杀信乃法师，可法师仅仅看了她一眼，她身上立刻长满了恐怖的白癞。自那之后，法师是天狗所化的说法传得更凶了。后来有位曾一箭射中天狗的猎师，闻讯特意从鞍马山深处赶来，最后也被诸天童子的剑击中，瞬间看不见了，于是这位猎师也皈依了摩利教。

日复一日，无论男女老幼，信仰摩利教的人越来越多。听闻若要皈依天上皇帝，必得以水灌顶，以此仪式明志。在下的外甥有次经过四条大桥，曾亲眼所见。桥下河原聚集了很多人，人群中便是信乃法师正在为一位东国[①]武士模样的人进行那奇怪的灌顶仪式。加茂川春水正暖，常有樱花逐流。腰挂大太刀的威风武士，与手捧十字护符的怪异法师的身影倒映其间，此情此景实在是有趣至极——讲到这里还需追溯一点，信乃法师从一开始独居在四条河原，在一排排宛如小鬼居住的简陋小屋之间，用草席搭了一间庵房。

---

① 东方的国家，或指朝鲜。

十三

言归正传。因一次意外的机会，少主终于得以和心仪已久的中御门公主促膝长谈。那是一天夜里，天降小雨，空气中弥漫着橘花的香气，不时有杜鹃的啼鸣传来。雨停之后，月光是少有的明亮，朦胧之中连人面都清晰可辨。少主从一位夫人的居所归来，为掩人耳目，未有许多人随侍，只是留两三人驾车慢慢归府。月明之中，已至深夜，路上就一个人影也没有，只有远处田里的蛙鸣，以及车轮转动之声回荡着。特别是经过没什么人烟的美福门外孤火荧荧，便显得尤其鬼气森森。

就在这时，路边矮墙的阴影里传来怪异的咳嗽声，一个强盗模样的蒙面男子携六七名手下走了出来，手里的兵刃在月光下闪着白亮亮的光，直向少主的车冲了过来。牵牛的童子，杂色衣装的仆从瞬间吓得失了魂，乱叫着抱头鼠窜，消失在来路的方向。强盗们却不屑一顾，其中一人上前麻利地抓住牛的缰绳，把车停到大路中间。接着他们围成一圈，白刃对准车门，形成一道刃墙。那头领模样的人颇为傲慢地掀开帘子，问身边的同伙：

"瞧好了，是这位大人没错吧？"

少主虽惊魂未定，可瞧他们的样子并不像是真正的强盗。他用扇子遮住面孔，一直从缝隙里观察对方的动静。这时其中一人用令人生厌的沙哑声音答道：

"没错，就是这位大人。"

不知怎的，少主似乎听过这声音，深觉奇怪，于是借着明亮的月光细看过去。那声音的主人，竟是常年侍奉中御门公主的平太夫。少主素闻这平太夫视堀川家为仇敌，瞬间惊得汗毛倒竖，不得不害怕起来。众强盗闻言便大声吼叫起来，数把太刀刀尖直指少主胸膛，厉声道：

"那这位大人的性命就由我等收下了！"

十四

然而,向来处变不惊的少主也马上恢复了勇气。他悠闲地摆弄起扇子,仿若事不关己地问道:

"且慢,且慢。想取余的性命,给你也未尝不可。可余总要问问其中缘由。"

"是谁害死中御门少纳言大人的?"强盗首领的刀尖又逼近一分。

"余并不知是谁,只是可以保证不是余所为。"

"大人也好,大人的父亲也好,父债子偿也是一样的!"强盗头领说着,喽啰们也叫骂着称是。平太夫手里的刀尖对准车里的少主,仿若在狩猎一只野兽。他咬牙切齿,嘲弄地说道:

"少说废话,这种时候还是好好念佛吧。"

"如此说来,诸位皆是少纳言大人的眷臣咯?"少主一如

既往地沉着冷静,就好像看不见胸前的刀尖。众强盗一时之间无言以对,平太夫见状急忙大声怂恿道:

"正是!你还有什么要说的?"

"无他,只是余以为,尔等之中若有人不是少纳言大人的眷臣,其人可谓是天下第一蠢货。"

少主说着,又露出美丽的牙齿大笑了起来,笑得肩膀直颤。这一笑倒是吓住了这些亡命之徒,他们手里的刀刃也渐渐退回到车外的月光之中。

"要说为何,"少主接着说道,"尔等将余杀害,检非遣使大人查明之后,必将尔等逐个处以极刑。若是少纳言大人的眷臣,舍身就义,大仇得报,倒也是心愿得偿。倘若只是为钱财所驱使,来一命换一命,岂非蠢不自知吗?"

众强盗闻言面面相觑,平太夫一人仍然狂怒着吼道:

"什么蠢货!死在大人口中的蠢货刀下,岂不是比蠢货更蠢上百倍?"

"哎呀呀,如此说来,尔等就是蠢货咯。既如此,尔等不都是少纳言大人的眷臣。有趣。那便听余一言,尔等要余的性命,无非是拿钱办事。那么余能出更高的价钱,不如帮余办事。同样是谋利,自然是报酬越高越值得不是吗?"

少主笑容不减,折扇敲击在外褂膝头,与车外的强盗谈判。

十五

"既然如此,那我等便听从大人您的吩咐。"

强盗们都吓得大气不敢出,只有头领战战兢兢地答话。少主满意地把扇子扇得哗哗响,继续阴阳怪气地说:

"如此甚好。余要吩咐你们的也不是什么难事。这个老者乃是少纳言的家臣平太夫,坊间传言此人一直对余怀恨在心,总是想图谋余的性命,尔等当下正是受了他的唆使。"

"正是如此,正是如此。"三四名强盗附和道。

"余且命尔等将这罪魁祸首拿下,以绝后患。来人,绑了。"

少主话音刚落,一时间强盗们都愣住了。牵牛的头领和手下面面相觑,跃跃欲试却没人敢先动手。突然一声宛如乌鸦叫声的沙哑嗓音高喊道:

"喂!你们还愣着干什么!手里的家伙是做什么的!被这

乳臭未干的小儿唬住了？谁给你们的脸！好哇，好哇！我自己来！我平太夫一刀就能结果了这个小大人！"

平太夫说着便猛挥太刀直冲向少主，朝面门劈了过去。与此同时强盗头领也飞速出刀格住了平太夫，接着其余人等皆收刀入鞘，蝗虫一般从四面八方一哄而上扑住平太夫。那平太夫年事已高，自然禁不住如此阵势。很快就被牛缰绳缚住，推到了月光照耀下的大路中央。这时的平太夫好似落入陷阱的狐狸，只有不甘心地龇牙喘息的份儿。少主打了个哈欠，又笑了：

"好，有劳，有劳了。余心腹大患已除，就由尔等驾车，带上这老者，护送余回府吧。"

事已至此，强盗们自然无比顺从。他们代替了逃跑的杂衣侍从赶起牛车，牵住平太夫，在月夜大道上继续行进。让强盗护送出行，天下恐怕也只有少主一人了。在这奇异的队伍到达府邸之前，在下便接到消息，于是赶忙前去迎接，当场结了强盗的报酬打发了他们，并叫他们不要声张。

十六

少主将平太夫带回了府邸，命人将他捆在马厩的柱子上，派仆役看守。第二天没有太阳，一大早少主便召了这老者到庭院里：

"唉，平太夫，足下图谋为少纳言大人复仇，实为愚蠢之举，不过这计划倒是妙极。尤其是明月夜里召集一群蒙面狂徒取余的性命，倒也是一桩风流美谈。不过美福门一带可不是什么好去处。余倒是更偏爱枝条盘错之林，古树之荫，夏天月夜里，水晶花盛开，常闻溪水潺潺，颇有一番风情。不过足下自然不能常常如余所愿，所幸此番经历也着实玄妙，余也很尽兴，便宽恕足下的罪过吧。"少主说着，脸上浮起明朗的笑容："作为补偿，既然足下已经来了，就将这封信带给公主大人吧。如何？"

当时平太夫的表情，简直令在下感叹，天下不可能再有更不可思议的事情了。那张面孔同时汇集了愤恨和苦涩，非哭非笑，一双眼睛忙不迭地眨巴，真是令人唏嘘的同时又忍俊不禁。少主也收起笑容，对牵着绳子的仆役说道：

"快，一直捆着平太夫像什么话，快松绑。"

片刻之后，折腾一夜，早已直不起腰的平太夫将那封蜉蝣橘花花枝的信放在肩头，狼狈地逃出里门。不消少主嘱咐，在下的外甥跟在他身后也出发了，以防他毁掉少主的书信。两府相隔不过半町的距离，平太夫好容易缓过心神，便光脚拖着木屐，在柿树清香之中，跌跌撞撞地踏上泥土铺就的都大路。天上依旧乌云密布，路边的卖菜女见有如此奇特的信使，忍不住一遍又一遍回头观瞧，可平太夫也没心思注意这些了。见一切顺利，外甥也打算就此折返，犹犹豫豫间，已经绕到有小路的道祖神祠附近。只见在一拐角处，一位形貌甚异的僧人，差一点与平太夫撞个满怀。女菩萨的画像，黑色法衣，还有那个奇怪的十字护符，外甥一眼就认出，那便是传闻中的摩利信乃法师。

十七

摩利信乃法师及时闪身躲开,却不知为何停了下来,盯住平太夫看了半晌。平太夫则并没有注意到,让了两三步便继续一个人恹恹地赶路。外甥退到一旁,觉得平太夫的样子大概也引起了那位法师的侧目,法师伫立在道祖神祠后,长久而忘我地注视着他。或许就连天狗的化身也觉得平太夫的样子很奇怪吧。然而细看法师的眼神,其中丝毫没有平日的凶戾,只有仿佛被泪水浸润过的温柔在荡漾。柯树青绿的枝条伸入神祠檐下,树影笼罩在法师头顶。法师将挂着女菩萨画像的旗杆斜扛在肩头,专注而寂寞地目送平太夫渐行渐远。这一刻法师的身影深深地刻在外甥的脑海里,成为他心中关于法师独一无二的回忆。

接着,外甥的脚步声惊动了法师,法师这才如梦初醒,慌忙转过头来。接着便立即单手高举旗杆，诵了一声类似九字真言的护身咒，口里继续念起咒文，不慌不忙地走开了。那咒文里似乎出现了中御门的字眼，不过也可能是在下的外甥一时听错。平太夫依旧负着橘花枝，尽量掩人耳目地往西洞院的中御门府邸走去，在下的外甥也继续悄声跟上。不过这时外甥的心里都是法师怪异的举动，几乎忘了少主的书信。

少主的书信果然安然无恙地到了公主的手上，难得的是，公主即刻便写了回信送来。我等仆从自然不知信中详情，不过众所周知公主性情豁达，当她知晓平太夫深夜暗杀一事后，必会了解少主的纯善本性。几次书信往来后，终于在一个飘着小雨的夜里，少主在在下外甥的陪同下，进入了柳荫笼罩之下的西洞院府邸。如此看来，平太夫着实做出了让步，是夜对我外甥虽仍是横眉冷对，却也未曾恶语相向。

十八

打那天起，少主几乎每天夜里都要拜访西洞院府邸，有时会带上我等年长侍从陪同。在下第一次得见公主的夺目美貌也大约是在那个时候，没错，正是那一次，两位贵人将在下召到跟前，命在下讲讲世事变迁。垂下的竹帘透出洒满星光的池水，凉凉的夜色中隐约传来藤蔓的气味。两名侍酒婢女不时满上两位贵人的酒盏，两位贵人就像从画里走出来的一样美好。尤其是一袭白衣外罩桂色外袍的公主，清丽之姿容恐怕连辉夜姬也要自惭形秽。这时，酒兴正酣的少主半开玩笑似的对公主说道：

"诚如老爷子所言，连这小小京都都已不复从前，世间万物皆逃不过沧桑变迁，刹那不曾停驻。故而《无常经》有言：'未曾有一事不被无常吞。'恐怕情爱也终将消逝，而余所挂心者，便是其何时始何时终罢了。"

公主则是刻意避开大殿里明亮的油灯灯光，温柔地注视着少主，几乎是反驳道：

"唉，您总是说这种不讨喜的话呢。如此说来，是打算从一开始就抛弃我吗？"

少主的兴致越来越高，又满饮一杯道：

"非也。不如说，余才是那个开始便做好被抛弃的打算的人呢。"

"您又说笑了。"公主的笑容仍是让人充满怜爱。忽然她看向帘外的夜色，自言自语道：

"说到底，这世上所谓情爱，大抵都是如此不得始终之物吧。"

少主一如往常露出美丽的牙齿，转头望向公主，笑着说道：

"确是不得始终，不可追也。然而我等也只有在转瞬即逝的情爱之中，才能品味片刻那可令人忘却人间无常的莲华藏世界①之妙药。在余看来，那情爱功夫炉火纯青的在原业平②

---

① 华严五教章卷三载，十佛之境界可大别为国土海（果分不可说）与世界海（因分可说）。世界海即十佛摄化之诸种世界，又可分为莲华藏庄严世界海、三千界外十重世界海、无量杂类世界海。众生之根性不同，其所感见之国土亦不同，而"证入生"之位所感见者，即为莲华藏世界。

② 平安时代人物，世称在中将，其人传说与3733个女子相交，居"六歌仙"之首。以诗歌为中心的歌物语《伊势物语》是以在原业平所作歌稿为中心编成，主人公即是虚化现实生活中的在原业平。

才堪称智者。倘若我等希望祛除秽土众苦,长存常寂光中,须得效仿《伊势物语》中的人物去恋爱才好,公主不这样觉得吗?"

十九

"若真如您所说，那么情爱的功德真乃千万无量咯？"

少主终于将目光从目光低垂的公主转向在下，他继续兴致高昂地说道：

"如何，老爷子你也同意吧。不过问你情爱似乎不合适，换作好酒如何呢？"

"哪里哪里，在下虽赞成，只是对来生还是担忧的。"在下挠着花白的头，慌忙回答。少主又爽朗地笑了：

"非也，没有比这更好的了。老爷子担忧来世，记挂着往生后的彼岸。这份牵挂如同暗夜灯火，借此同样可以忘却无常之苦。诚如老爷子所言，佛教与情爱别无二致，便是同我想到了一处。"

"这就不对了。固然公主美貌技艺天女尚不能及，可情爱就是情爱，佛教就是佛教，好酒也不过是好酒，可不敢混为一谈。"

"那便是你见识狭窄了。对余来讲，弥陀也好，女子也好，皆是用来忘却苦痛的傀儡罢了。"

少主说完，公主突然偷偷看了他一眼，小声说道：

"把女子作为傀儡，这种说法是否欠妥？"

"傀儡不可，说成是佛菩萨也未尝不可。"

少主说到了兴头上，似乎又想起了什么，凝视着大殿里摇曳的灯影，沉声喃喃道：

"从前余与菅原雅平交好时，常常论及此道。您或许也有所耳闻，雅平与余不同，是个心性朴直少疑之人。每次听余调侃世尊的金口玉言所撰经书，实同恋歌别无二致，便责骂余是邪门歪道。雅平的骂声犹在耳边，可如今人已不知身在何处了。"

一时间，公主和在下都无言以对，房间里藤花的香气似乎更加浓郁了，不过二位贵人似乎也毫不在意。这时一位侍女插话进来：

"那么最近京中盛行的摩利教，也可算作忘却无常的新手段呢。"

"听说那个传教的僧人甚是怪异呢。"另一位侍女的话语中带着不悦，挑了挑大殿油灯的灯芯。

二十

"什么？摩利教？这可是个新鲜教门。"一直沉浸在思绪里的少主回过神来，朝说话的侍女看过去，举起了手中的酒盏。

"听说因为供奉的是摩利支天[①]，所以叫摩利教。"

"不不，要是摩利支天就好了。他们供奉的是个没见过的女菩萨。"

"或许是波斯匿王宫里的王妃茉莉夫人呢。"

于是在下便将当日在神泉宫苑外的所见所闻，以及法师的样貌讲了出来：

"那位女菩萨的样子看起来并不像茉莉夫人。话说回来其实根本算不上是佛菩萨的画像。尤其是画中女子怀抱赤裸的幼

[①] 二十四诸天之一。在佛教中为毗卢遮那佛的化身，有隐形自在的大神通力，印度教中为猪首人身的光明女神。

子,就像是吃人肉的母夜叉呢。总之看起来绝非我朝族类,定是邪门歪道。"

公主听闻,皱起美丽的双眉,郑重其事地问道:

"这么说那个摩利信乃法师,真是天狗所化吗?"

"正是如此。整个人就像从烈火焚烧的山里飞出来的一样。大白天的,京中从未出现过这样的怪物。"

少主又朗声笑道:

"哪里。延喜天皇治世时,曾有天狗出现在五条附近的柿树枝丫之上长达七日。以佛身现世,显白毫①光。此外,一直欺凌佛眼寺仁照阿阇梨②的人,看似女子,实为天狗。"

"哎呀,真是恐怖。"公主和两名侍女裹紧了罩衣,而少主的酒兴仍未退却。

"三千世界,广大无边,仅凭人之智慧且不能窥其一二。倘若那法师也对公主有意,说不定哪一天夜里便会破风盘旋而下,用满是利爪的双手将您抓了去也未可知。"

公主已经怕得变了脸色,又朝少主坐近了些,少主则温柔地轻抚公主的背,就像哄孩子一般笑着安慰道:

"不过,那法师根本无缘得见公主姿容,在那之前无须担心被此妖邪垂涎,您大可不必如此害怕。"

---

① 佛眉间发光的白毛。
② 又作阿舍梨,略称阇梨。指在教授弟子使其行为端正合宜,而自身又堪为弟子楷模之师,故又称导师。

二十一

　　一个月之后，仍是无事发生。夏日炎炎，加茂川水反射着炫目的日光，船只往来于烈日之下的河水上。在下的外甥喜欢钓鱼，常常来到五条桥下的河滩上，坐在艾草丛里。所幸只有这里常有凉风吹过，他便在水位低处下钩钓桃花鱼。一次，他听见头顶的桥栏边有人讲话，没多想就抬头看去，竟看到手持高扇的平太夫，正靠着栏杆同那位摩利信乃法师投入地聊天。外甥见此便想起当日在油小路附近那位法师奇怪的举动，想着如此看来二人必有所关联。他眼里盯着鱼线，耳朵却开始仔细听起二人谈话的内容。烈日当空，路上几乎没有行人，二人想必也因此放松了警惕，并未发觉外甥的存在，所以谈话内容也未曾顾忌。

　　"您弘扬的摩利教，整个京城里无一人了解。在您对在下说之前，在下也是闻所未闻。也不是全然没有印象，只是并不真切。不过若说如今毫无遮挡地在烈日下行走、宛如天狗般骇人的您，和当年春月夜里吟唱樱人①谣的年轻人是同一个人，恐怕那打卧②的巫女③也不会相信。"

平太夫口无遮拦地说着，手里扇扇子的动作也没停下来。而那摩利信乃法师却宛如哪家的大人，颇为高傲地说：

"能见你一面便知足了。上次在油小路的道祖神祠前曾碰到你，只是你当时一心护送那橘枝信笺，目不斜视地拖着木屐嗒嗒赶路回府。"

"是么，真是白活了这么久，多有失礼了。"平太夫大约是想起了那天早上的遭遇，声音里带着苦涩，手里的扇子又发出清脆的敲击声，接着说道：

"今日能再见到大人真是清水寺的观音菩萨保佑。平太夫这辈子都没有比这更开心的事啦。"

"非也。在余面前勿提神佛之名。我虽不才，乃蒙天上皇帝敕令，回日本弘扬摩利教，如今不过是小小沙门罢了。"

---

① 《樱人》，伴着日本雅乐"地久乐"的旋律吟唱的催马乐。
② 打卧，用法同打坐，姿势为横躺。
③ 出自《今昔物语卷十三〈打卧御子巫语〉第二十六》或《大镜》兼家项。

二十二

法师皱眉道，神情陡然严肃起来。可平太夫仍是不以为意，嘴和扇扇子的手根本停不下来：

"原来如此呀，平太夫如今垂垂老矣，不中用啦。不过既然您都这样说了，就不能在您面前提及神佛了。其实平常老朽我也不是那么虔诚，只是因为见到大人您实在欣喜，嘴里才冒出了观世音菩萨。若是公主大人知道青梅竹马的大人您平安无事该有多高兴呀。"他一改平日里面对我等下人惜字如金不耐烦的态度，语气里尽是不容申辩的强硬。

法师沉吟片刻，未能作出回应，见他提到公主，便趁机接话道："既然说到公主大人，这也正是请你密谈的理由"，他顿了顿，"平太夫能否助余在夜里见公主一面？"

这时，桥上扇扇子的声音戛然而止。在下的外甥很想细看桥上的情况，却怕自己的举止过于笨拙显眼暴露意图。于是他便凝神屏气，仍然凝视着流过艾草丛中的河流。然而这时的平太夫却不再开口，丝毫没了刚刚的神气。沉默的时间实在太久，等得外甥全身的筋骨都僵到痛痒起来。

"老朽虽然是住在河原①的贱民，可也还算是京城人，所以知道最近堀川府邸的那位大人，可是经常到公主府上拜访。"

法师却依旧用他沉静的嗓音，仿佛自言自语般说道：

"余已不再思慕公主。自从在大唐从红发胡僧口中受教于天上皇帝，余便早已灭绝了业欲②。真正令余心痛的实为那位宛若玉造的公主丝毫不知开天辟地的天上皇帝，却只去信仰那些所谓神佛的天魔歪道，成日里在那些木石造像前供奉鲜花。待到命尽之日，定会陷落永劫地狱为永恒烈火焚烧。余每每念及此，眼前便会浮现出公主倒坠于阿鼻大城③地狱之底的情景。就像昨晚……"

说着法师便感怀万千，半晌间竟无语凝噎。

---

① 前出地方的四条河原，贱民区。
② 人生而有之的五欲之一，感觉性情欲。
③ 八个地狱中惩罚罪孽最深者的地狱。

二十三

"昨晚发生什么事了吗？"平太夫担心地催促道，法师这才回过神来，继续用平静的声音，一字一顿地说道：

"不，不是什么值得深究的事情。昨晚余独自睡在草棚里，梦到了身着五柳华装的公主。只是和真人不同的是，在朦胧的烟雾里，公主那总是充满光泽的黑发间，插着一支闪烁着怪异光芒的金钗。余再次见到公主，心中喜悦非常，对公主说'终于见到您了'，可坐在对面的公主却悲伤地垂下双眼，并未答话。公主的红裙之中好像有东西在蠕动，不仅仅是裙裾，公主的肩膀、胸口处，还有黑发之中好像也都是，它们好像在对我冷笑——"

"您说的在下还是听不明白，究竟发生了什么事？"

这时的平太夫已不知不觉被带入了法师的节奏里，听他追问的语气里已全然不见之前的气势。法师的强调仍毫无起伏：

"余也不知究竟发生了什么。余只是看见公主全身好像都被水蛭一般的怪物占据了。纵使在梦中，见此情景余心中也同样悲伤得不能自已，只有放声哭叫起来。公主见余哭泣，也落下泪来，那之后过了很久，大约是鸡叫了，余才从梦中醒来。"

摩利信乃法师讲完，平太夫则默不作声地又扇起了扇子。在下的外甥此时已经完全忘却了咬钩的桃花鱼，一心听着这个梦中奇遇。桥下的凉意渐渐侵入他的身体，梦中公主悲惨的样子不可思议地朦朦胧胧浮现在他眼前。

桥上的法师继续沉声道："余以为那蠕动之物便是妖魔。天上皇帝垂怜身负堕狱之业的公主，便降赐灵梦于余，令余施以教化。余希望得到你的帮助便是这个原因，你可接受吗？"

平太夫犹豫了片刻，合上扇子一下又一下地敲击桥栏，说道：

"那好吧。当年在下在清水阪下遭遇混混劫道，受了刀伤险些送命的时候，多亏您才捡回一条命。蒙您大恩，您的所求平太夫没有不帮之理。至于是否皈依摩利教，还是要看公主自己的意愿。不过公主和您久未相见，一定很欢迎您。总之在下会尽己所能，让两位大人相会。"

二十四

从外甥口中了解到这次密谈的详细内容,已经是三四天之后了。那天早上,向来人声鼎沸的宅邸侍所只有我等二人。炫目的朝阳从青梅叶间射进屋内,凉爽的风吹过,让人不禁觉得秋日近在眼前。外甥讲完,声音严肃了起来:

"到底为什么那个法师会认识公主,这一点确实不可思议。但是如果法师对公主有了想法,便一定会给咱家大人招来祸患。但就凭咱家大人的性格,这件事就算对他讲,他也一定听不进去。所以我想尽量避免让公主见到法师。舅舅您怎么看?"

"我当然也不想让那个天狗法师见到公主。只是你我只能全力护住少主,西洞院府邸的警备并不是你我能够插手的。所以也只能从公主身边的亲信下手,告诉他们小心摩利信乃法师——"

"正是。公主自己的想法我们自然无从而知，再加上有那个平太夫帮助，法师去西洞院府邸一定无人阻拦。不过那法师每天晚上都会回到四条河原的小草屋睡觉，我是这么想的，干脆就让他再也回不来京城。"

"难道你要去监视那个小屋？你说得如此隐晦，老头子我上了年纪听不太明白。你到底要对那个法师做什么？"在下有些担心地问道。外甥却好像怕别人听到似的，看了看前后窗前梅树的青叶，凑到在下耳边说：

"我打算，夜里潜到四条河原那个小屋，了结了法师的性命，除此之外别无他法了。"

听他这样说，在下惊得说不出话来。可年轻气盛的外甥的很坚决：

"没关系，不过是路边的化缘僧，哪怕再来两三个也不在话下。"

"但是这也实在无法无天了些。这个摩利信乃法师虽说弘扬邪教，可除此之外并未犯下其他重罪，你这样做岂不是滥杀无辜吗——"

"杀他的理由总会有的。如果那个法师真的借助什么天上皇帝的力量诅咒少主和公主呢？到那时舅舅和我还有什么脸面领受少主的俸禄？"

外甥的脸涨得通红，连珠炮一般的辩驳从他嘴里冒出来，想必在下说什么他也听不进去。这时两三名武士摇着扇子走了进来，于是在下和外甥的对谈也就此打住。

二十五

　　那之后又过了三四天。在一个月明星稀之夜，趁着更深夜残，在下与外甥潜入四条河原。直到那个时候在下也不想置法师于死地，也不觉得杀了他会真正地解决问题。但外甥一门心思要这么做，在下总觉得不能放他一个人动手。所以也顾不得一把年纪，顶着满身河原艾草丛里沾的露水，窥视着那座法师的小屋。

　　众所周知四条河原多是惨败小屋，住着生着白癞的乞丐。此时他们应该睡得正沉，做着我们无法想象的梦。在下和外甥蹑手蹑脚经过这些小屋门前，只听见薄墙之后鼾声如雷，不断回荡着。一处垃圾堆燃烧的余烬里冒出一缕白色的残烟，直直地升上平静无风的夜空。抬头仰望，白烟的尽头伸入斑斓璀璨的天河。京城的天空好像倾斜了下来，将数不尽的星屑一尺一寸地倾倒下来，似乎连星星滑落的声音都清晰可闻。外甥转向在下，手指临着加茂川细流边的一座茅草小屋说：

"就是那间。"

在下还站在河原的艾草丛中，所幸垃圾堆的余烬里还有火苗冒出来，透过细微的火光，一间比其他屋子更小的、由竹竿和旧席搭就的小屋出现在眼前。而房顶用树枝编成的十字标志，使得这间小屋在夜色里格外庄严。

"那间吗？"在下并没多想，只顺嘴反问了一下。其实直到这时，在下仍旧没有下定杀死法师的决心。外甥并没有理会我，只是盯着那间屋子，冷冷答道：

"是的。"

终于到了拔刀见血的时候，可在下心里却不是滋味，身上也开始颤抖起来。这时外甥已经开始整理衣装，精心湿润起目钉[①]来，似乎已经忘记了在下的存在。他轻轻拨开河原上的艾草，就像窥伺猎物的蜘蛛一般悄无声息地逼近小屋。垃圾堆的火光里，紧贴在旧席墙上向内探头看去的外甥的背影，倒真像一只可怕的大蜘蛛。

---

① 扣在刀柄上的钉子，战斗前常往其上吐上唾沫，使其湿润用起来更趁手。

二十六

　　事已至此，在下自然也不能袖手旁观。于是在下绑好衣袖，跟在外甥后面穿过艾草丛，潜到小屋前，从破席缝隙往里看去。首先便是那张法师挂在旗杆上示人的女菩萨画像，就挂在对面的墙上，在门口的草席泻进的垃圾堆火光照射下，女菩萨头顶美丽的金色光轮清晰可见，宛如月蚀边缘一般璀璨夺目。画像前横卧着白日里疲惫不堪的法师，他蜷着身子，身上的法衣反射着火光，就像传言之中的天狗翅膀，要不就是天竺出产的火鼠裘——

　　见此，在下和外甥在外拔刀包抄了法师的小屋，可在下这时总是觉得有些不对劲，手不停地抖，护手也随之发出尖锐的声响。就在这时，草席对面原本悄然沉睡的法师瞬间站了起来，暴喝一声：

"谁？"

事已至此，我等二人已是骑虎难下，只能杀死这个法师。于是二人同时提刀突入小屋之中，砍断竹竿支柱，割裂破席墙壁，引起一阵骚乱。外甥两三步从后方接近，刀却挥空了，他焦急的声音响起：

"这家伙跑到哪里去了？"在下听闻吓了一跳，赶紧跳出屋外，透过垃圾堆的火光，在烟尘中，那个不祥的摩利信乃法师，竟穿着薄色外褂，十字护符顶在额上，身形宛如猿猴，正死死地盯着我们。现在即使想要一刀取他性命，在如此黑夜之中，首先近他的身就难了。好像在那黑暗之中，有一个无形的旋涡，阻挡太刀刺中目标。外甥似乎也为其所困，他喘着粗气，太刀高举头顶，却只是不停地画圈，迟迟无法落下。

二十七

摩利信乃法师徐徐起身,左右挥动起手中的十字护符,用狂风呼啸一般的嗓音大声喝道:

"呔!尔等是在蔑视天上皇帝的威德吗?!尔等双眼皆被蒙蔽,看不出吾摩利信乃法师这身黑色法衣,实为无数诸天童子、百万天君加护。尽管用尔等手中的白刃挑战吾身后圣众之车马剑戟吧!"语气中甚至还带着嘲讽。

经此一喝,在下和外甥也未曾被吓得汗毛倒竖全身颤抖,两个人好像挣脱猎网的牛一般,全力举刀朝法师劈了过去。手起刀落的刹那间,法师突然将十字护符高举至头顶,那护符的金光就像闪电直冲天空,接着在下的眼前便出现了无比恐怖的情景。啊!那种恐怖真是无法言说的。就算在下能够描述出来,和真实的情况也只能是云泥之别,就好像硬把麒麟说成马。硬要形容的话，起初那护符被高举到天空，一片漆黑的河原之上，法师身后有无数辆火焰车马，以一种宛如龙蛇的怪异姿态迸射出来，密集的火花下雨一般洒落下来，落在我等二人的头上，好像是从天上溢出来的似的。其中又有成千上万像是旗帜刀剑之物，燃烧闪烁着，接着海啸一般的大风凄厉地裹挟而来，河原上飞沙走石，就像要沸腾起来。

法师肃立着背对这一切，披着薄色外褂，高举十字护符，那姿态活脱脱便是率魔军从地狱而出的大天狗，降临在河原之上——我等只有丢掉兵刃，抱头跪伏在地。这时空中回荡起法师炸雷般的呵斥声：

"若还想活命，便向天上皇帝忏悔吧！否则尔等当场便会被百万护法圣众碎尸万段！"

那种恐怖和压迫感至今回想起来都令在下浑身颤抖。我等终于承受不住，立即双手合十在头顶，紧闭双眼诚惶诚恐地持诵："南无天上皇帝。"

二十八

那之后发生的事情在下也是羞于赘述，所以尽量长话短说。我等一开始向天上皇帝祈祷，那些恐怖的幻象瞬间就消失了，接着被太刀碰撞的声音惊醒的乞丐们将我等包围。他们大约都是摩利教的信徒，有男有女，满脸憎恶，骂骂咧咧地看着我们，就像在看被网住的狐狸一般。幸亏我等已经丢掉太刀，否则不知还要吃多少苦头。这些生着白癫的陌生面孔，被重新燃起的垃圾堆火光照亮，几乎挡住了夜空。从他们伸过来的面孔里散发出的恶意，真让人怀疑是来自另一个世界。

接着，摩利信乃法师从人群中出来了，轻声宽慰着咆哮的人群，又一如往常浮起怪异的微笑。他来到我等面前，诚恳地讲述着天上皇帝的仁慈和威德。这时最令我好奇的就是法师肩头披着的那件美丽的薄色外褂。虽说这种外褂世间多的是，但这件很有可能是公主所赐。如果真是这样，说明他们已经不知什么时候见过面了。公主难道已经皈依摩利教了？想到这些，在下便再也听不进法师在说什么，只是呆呆地看着这一切，心想接下来不一定还会发生什么可怕的事情。摩利信乃法师大概也以为我等只是在后悔对神佛的不敬，在心中默默检讨吧。幸好他还没有发现我等是侍奉堀川府邸少主的人。于是在下只能将注意力从那件外褂上转移，只是装作在听这位神通广大的法师讲话，坐在了河原的沙地上。

这样在对方看来，应当是值得赞赏的。一通讲演之后，摩利信乃法师的脸色缓和了下来，将十字护符执于我等头上，温柔地说：

"尔等之罪孽源自无知蒙昧，天上皇帝定会赐予特别宽宥，吾自然也不想过多斥责惩戒。今夜尔等的暗杀，或许也是尔等将来皈依摩利教的机缘，所以在此之前，尔等暂且退下吧。"乞丐们仍然一脸凶神恶煞不肯放松，法师一声令下，皆乖乖地给我等让出了退路。

在下和外甥赶忙收刀入鞘，仓皇逃出四条河原。这时在下的心中，尽是道不尽说不出的欣喜、悲愤还有遗憾。终于远离了河原，可是垃圾堆摇曳燃烧的火焰，飞蛾扑火般聚集而来的白癞乞丐却唱起了怪异的歌谣，远远地传到我等耳中。在下与外甥对视一眼，只默默地叹着气，继续往回走去。

二十九

自那之后我等一有机会就聚在一起探讨中御门公主和摩利信乃法师究竟有何牵连。虽然想了很多办法让公主远离法师，但一想到那晚恐怖的幻象，也实在没能想出良策。原本外甥就比在下更执着，不想放弃最初的计划，他甚至想学平太夫的做法，纠集一群混混去四条河原劫杀法师。就在这段时间，又发生了一件不可思议的事情，我等再一次见识到了摩利信乃法师神乎其神的力量。

秋风渐起，正值长尾的律师①大人在嵯峨修建供奉阿弥陀佛的佛堂。那间佛堂如今已被烧毁，然而当时可是汇集各地良材，一众名匠，不惜投入大量黄金修造，规模虽不甚庞大，可

---

① 仅次于僧都的僧官名。

其庄严至极，诸君尽可想象。落成之后供养的第一日，上达部的各位殿上人①暂且不论，更有无数夫人到来。东西回廊之间停驻的车马、回廊之间搭就的看台、锦缎包边的垂帘……露出帘外的荻色、桔梗色与女萝色的裙裾和袖口在阳光中熠熠生辉，整个禅院内的景色宛如莲花宝士降临于此。回廊中庭的水池里红白莲花开得正盛，花间有一艘龙舟，以锦缎作篷，其间有身着蛮绘②衣的童子执画棹轻轻破开水面，那声音好像音乐一般飘荡在湖面悠然传来，几乎让人热泪盈眶顶礼膜拜。

最为珍妙的乃是佛堂正中，由璀璨的螺钿装饰的犬栏③之后，由紫磨黄金镀就，美玉璎珞镶嵌的如来佛祖、大势至观音菩萨的金身，静坐于名贵线香的烟雾之中。佛前华丽炫目的幡盖之下奉有经盘，正对讲师和读师的高座。另有几十名僧人一同进行供养仪式，青红的法衣袈裟层层叠叠甚是美丽。诵经声、振铃声在旃檀沉水香的香气里，源源不断地升上秋日晴空。

四方御门之外尽是参拜人群。就在供养仪式进行到一半的时候，突然发生了什么，人群就像大风突至的海面，一点一点骚动起来。

---

① 有资格上殿的贵族。
② 纹样的一种。
③ 佛坛前的矮栅栏。

三十

看督长见状赶紧高高地抄起弓,想要挡死趁乱要冲进来的人群。可当一位怪异的法师分开人群走进来时,他竟马上丢下了弓,直接在人群前伏地跪拜起法师来,那模样简直是在恭迎天皇陛下大驾。骚动的人群注意力全部集中在这一幕,四周突然安静下来,一阵阵"摩利信乃法师、摩利信乃法师"的嘀咕声此起彼伏,就像穿过苇丛的风,不知从何处而来。摩利信乃法师仍然穿着那件黑色法衣,光着脚踩在冷冰冰的地上,长发杂乱地披在肩头,那枚金色十字护符在胸前闪闪发光。那面女菩萨旗帜仍在他身后,由一个信徒高举在秋日的阳光里。

"各位,吾乃蒙受天上皇帝敕令,于日本广传摩利教的摩利信乃法师。"法师从容地对拜伏在地的看督长致意,毫无惧意地走进铺满细沙的庭院,用威严的声音高声喊道。庭院正中的贵人们又是一阵骚乱,可到底是检非遣使①大人,虽也被这突变惊到。可仍未忘记自己的使命。大人手下两三名形似火长②的人提着趁手的武器,大声呵斥骚乱的人群,逼近法师,想要几人合力突然扑上去制服法师。法师一脸憎恶地看着他们,嘲弄道:

"尽管来吧,天上皇帝的惩罚即刻便至!"他胸前的十字护符在日光下反射出刺眼的光芒,同时那几名火长就像白日里被雷劈了一样马上丢了兵器,滚到在法师的脚边。

"如何?天上皇帝的威德就降临在诸君眼前!"

摩利信乃法师取下护符,耀武扬威般绕着东西长廊边走边说:

"原本此等神迹不足为奇,毕竟天上皇帝乃是创造天地的唯一真神。尔等不知真神,才会竭诚信仰供奉阿弥陀如来等妖魔之流。"

闻此狂言,一脸茫然停下诵经的僧人们突然暴怒,大喊着"杀了他!""抓住他!",可却没有一人起身动手惩罚摩利信乃法师。

---

① 检非遣使,为沿用唐朝时的官职。
② 古代军队基层组织中的小头目,泛指兵卒。

三十一

摩利信乃法师傲然睥睨众僧，震声高呼起来：

"唐国圣人曾言，知错能改，善莫大焉。尔等既已得知佛菩萨实乃妖魔，不如速速皈依摩利教，赞美天上皇帝的威德。如若尔等对摩利信乃法师所言存疑，不知佛菩萨和天上皇帝究竟何者为邪神妖魔，不如就此斗法一番，以明正法。"

然而如今环顾四周，检非遣使的手下皆倒地昏迷。垂帘内外惊得宛如沉石入水，无论僧俗无人敢上前与那法师斗法。就连长尾的僧都、一山的住持、仁和寺的僧正们，都被宛如神人降世的法师吓破了胆。不绝于耳的龙舟乐声停止了，照着人造莲花的日光似乎也屏住了声音，供养中庭里一时间鸦雀无声。法师见此更来劲了，他挥舞着手里的十字护符，活像一只天狗，趾高气扬地大声嘲骂道：

"这便是贻笑大方了！听闻南都北岭圣僧频出，如今却无一人同摩利信乃法师斗法。不分贵贱老幼，皆可坦然沐浴诸天童子圣光，侍奉天上皇帝。不如今日就从各位山寺住持开始，就此进行受洗仪式吧！"

法师话音未落，有一高僧自西廊款款而来，身着金栏袈裟，挂水晶念珠，一看那对白眉便知是功德无量名满天下的横川僧都。高僧年事已高，又体形肥硕，缓缓走到法师面前说道：

"卑鄙小人！今此供养庭中，不知有多少龙象①尊者，不过是投鼠忌器，无人愿与你这小人比试法力。尔等鼠辈本应自惭形秽，速速从佛前退离，为你特意显出神通，更是无稽之谈！不知你这妖僧是从哪里习得这金刚邪禅。老衲自有护法加持，一则显示三宝灵验，二则为救被你所惑、结魔缘堕无间地狱的众生。纵使你那幻术可差遣鬼神，也动不了老衲一根手指。且看佛法神通，还不快快受戒吗？！"高僧接着便狮吼一声，手里结出印来。

---

① 指修行很勇猛而且具有大力的人，今作为出家人的尊称。

三十二

那结印的手中，俄而升起一道白烟，隐隐聚集在僧都的头顶正中，形成一团幡盖似的雾。其形状甚是不可思议，若说是雾也并不贴切，后者也会掩盖后面佛堂的屋顶，可这一团雾气宛如虚空，就像看不见的幡盖，连天空的颜色都能清楚地透出来，甚至更加明亮。

整个庭院的人都惊诧于这团雾气，接着不知从哪里刮来一阵风，吹得竹帘乱响一阵。终于竹帘将息，收起结印的僧都慢慢念起神秘的咒文，带得腭上的肉一颤一颤。朦胧间雾气之中出现两尊挥舞金刚杵的金甲神的勇武身姿。那身影虽若有若无，可神威俱在，眼看就要腾空而起，朝摩利信乃法师头上挥下一杵。摩利信乃法师一脸傲慢不改，眉毛都不曾动一下，盯着金甲神。紧闭的双唇仍旧带着微妙的笑，就像在强忍嘲讽，终于那副无敌的神态也要绷不住了。横川僧都赶紧松开结印，挥起水晶念珠，用沙哑的嗓子大喊一声："哒！"

金甲神腾雾而下，下方的摩利信乃法师则将十字护符抵在额上，随即便有尖锐的撞击声响起，瞬间一道彩虹一般的光芒升上天空。接着僧都的水晶念珠便断成两截，珠子一下子朝四面八方散落开来。

"高僧的法力，吾已经见识到了，恐怕修金刚邪禅的人是高僧你才对吧！"

法师胜券在握，高声斥骂，声音压过了吵吵嚷嚷的人群。横川僧都又是如何在人声鼎沸中大气儿也不敢出的，就是另一回事了。若是当时僧都的众弟子都冲进去助力，也不一定能全身而退。这时摩利信乃法师终于环顾四周，志得意满地说：

"听闻横川僧都乃是法名誉满天下的大和尚，可在吾摩利信乃法师看来，不过是不知侍奉天上皇帝，反而受鬼神差使的火宅僧[①]罢了。如此一来，佛菩萨乃是妖魔之属，佛教乃是引人堕狱的诱因，绝非是摩利信乃法师的一家之谬言。不过若是想要皈依摩利法门，无论僧俗，皆可立即受洗。人数不限，皆可当场试验天上皇帝的威德。"

就在这时，东廊传来一声冷淡的回应：

---

① 有妻室的僧人。佛教谓入世即居火宅，为僧而有室家，是未离火宅。

"哦？"

循声望去，那人不是别人，正是堀川府邸的少主，一派威严地悠悠步入庭院之中。

（未完）

大正七年十一月

二

猿蟹合战

在《猿蟹合战》①这个故事里，猴子抢走了螃蟹的饭团，于是螃蟹和深受猴子所害的臼②、蜂、鸡蛋联手，杀之报仇——具体经过事到如今不提也罢。然而，以螃蟹为首的复仇联盟，在结果掉猴子的性命之后，又面临着怎样的命运，故事里完全没有提及，如此便有细细道来的必要了。

　　不过，虽然没有提及，可在螃蟹的巢穴、厨房的角落、屋檐下的蜂巢、装满稻壳的箱子里，它们现如今看似太平无事的生活，可能都是装出来的。

　　事实上，事后它们都被警察逮捕，各自被投入监狱。几经审判，为首的螃蟹被判死刑，臼、蜂、鸡蛋皆获无期徒刑。只知它们报仇成功，而不知后续的读者，可能会很诧异。可这就是事实，不容置疑的事实。

---

① 日本传统寓言故事。
② 舂米所用工具，多为木制或石制。

根据螃蟹的陈述，它曾用自己的饭团与能上树的猴子交换树上的柿子。但猴子拿了螃蟹的饭团，不仅只把没熟的青柿给螃蟹，还不断从树上向螃蟹猛掷青柿，意图加害于它。

但螃蟹并没有和猴子对这个交换做出书面约定。就算暂且抛开书面承诺不谈，螃蟹也没有明确限定，自己要拿饭团换的是青柿还是熟柿。最后，没有充分证据证明，猴子是带着恶意向螃蟹投掷青柿的。结果，那位负责为螃蟹辩护、以雄辩著称的律师，只是一再乞求法官的怜悯，而不去针对判决结果思考策略。他只是颇为惋惜地，一边不断帮螃蟹擦拭它吐出的泡沫，一边劝它："放弃吧。"

至于这位名律师说的放弃，是指对死刑判决的上诉，还是他的一大笔佣金，这就不得而知了。

随后新闻报纸等舆论中，基本无人对螃蟹的遭遇表示同情。他们一致确信，螃蟹杀死猴子完全为了泄私愤。而这私愤，无疑来自对猴子利用自己的无知和鲁莽骗取利益的悔恨和不甘。在这个讲究优胜劣汰的社会，稍受打击就杀人泄愤的人，不是傻瓜就是疯子。而且，螃蟹杀了猴子，一定多少受到了当下流行的危险思想的影响。这种论断，现在成了以担任某商会会长的某男爵为首的上流社会人士的共识。正因如此，自从这场仇杀发生以来，听说那位男爵除去雇用保镖之外，又额外买来了十只斗牛犬。

此外，这件事在所谓的知识分子之间，也受到几乎一边倒的批判。某位大学教授分析，螃蟹的行为完全出自复仇意识，而从伦理学的角度，很难将复仇意识定义为"善"。在这之后，又有一位社会主义团体的首领揭露，螃蟹怎么会轻易拥有像柿子和饭团这种私有财产。臼、蜂、鸡蛋这几个同伙又带有明显的反动思想，这件仇杀案的幕后推动者极有可能是国粹会①。随即又有某教宗的宗主感叹，螃蟹不知我佛慈悲，若有稍许慈悲之心，哪怕被青柿砸了，也不应对仇恨猴子所作的恶业心生仇怨，而应反过来怜悯它。啊啊，这样说来哪怕一次也好，哪怕螃蟹来听一次我讲道，也不会发生这样的惨剧……提出自己批评意见的各个领域的名士仍有很多，不赞成的声音比比皆是。而在这些反对意见中，只有一位素喜豪饮的诗人，同时也是众议院议员，愿意为螃蟹发声。他认为螃蟹的复仇正是武士道精神的体现，可自然谁也听不进这种落后于时代的论调。此外又有报纸八卦板块揭露，这位议员还在记恨着猴子。因为数年以前参观动物园时，猴子淋了他一身尿。

只看过故事的读者，可能会为螃蟹的悲惨命运落泪，但螃蟹终究必死无疑。对此表示同情，不过是妇孺的感性泛滥罢了。所有人都认定螃蟹必须死。执行死刑的那天晚上，法官、

---

① 右翼暴力团体，1910—1928 年最为活跃，以"保存国粹"为名，鼓吹"敬神崇祖""以皇室为中心""劳资协调、共存共荣"。于 1942 年解散。

检察官、律师、监狱看守、死刑执行人、监狱牧师，都一口气睡了四十八小时。据说这些人都在梦里看到了天国的大门，他们说天国的外观就像是封建时代城堡样式的百货商店。

那么螃蟹死后，螃蟹的家人近况如何，也在此略表一二。螃蟹的妻子成了妓女。而她流落风尘，是因为食不果腹，还是她的本性所致，如今仍不能断言。螃蟹的大儿子，在父亲死后，如果用新闻杂志的惯用词语形容，那就是"幡然悔悟"了。现在他在一个什么股票都卖的交易所当个小经理。有一次他把为了吃其他螃蟹的肉而受伤的同伴救回了自己的巢穴里。克鲁泡特金[①]在互助论中使用的螃蟹社会中同类互助互利的例子，说的就是这只螃蟹。二儿子成了小说家，正因如此，除了受女性欢迎外，一事无成，只是抓住自己父亲的遭遇为实例，以什么"善是恶的别名"为主题，堆砌一些不咸不淡的讽刺发言罢了。三儿子脑子不太灵光，所以没有在社会上成为什么角色，他仍然只是个螃蟹。

一天，三儿子在路上一如往常横着前进，面前突然掉下一个饭团。它最喜欢吃饭团了，于是抬起它的大螯，夹起了这个猎物。而这时，在高高的柿子树枝头，一只猴子正在抓虱子——至于接下来会发生什么，就不用多说了吧。

---

① 克鲁泡特金（1842—1921），俄国地理学家、无政府主义运动的最高精神领袖和理论家。代表作《互助论》。

总之，猿蟹合战之末，为了社会的利益，被杀的一定是螃蟹，只有这个事实不会改变。在此，也想送给社会上所有的读者一句话：

诸君大抵，与蟹无异也。

大正十二年二月

二

真假小町

一

　　小野小町①在几帐的阴凉里读着草纸②。这时，乌青铁面、长着一双兔耳的黄泉使者突然出现。

　　小町：（惊恐地问）是谁？！

　　使者：我是黄泉的使者。

　　小町：黄泉使者！那么，我就要死了？就要永远离开这人世了？请等等，我才二十一岁，容颜还未曾老去，请您救救我吧！

　　使者：使不得。身为使者，就算是万乘之国的天子也不能放过。

　　小町：您有没有一点同情心？我要是就此死去，深草的少

---

① 日本古代著名才女，女诗人，六歌仙之一。
② 指绘图小说、故事集册。

将①可怎么办？我与少将曾立下盟誓，在天愿作比翼鸟，在地愿为连理枝——啊！一想起我们的海誓山盟，我的心已经痛得如同裂开一般。若是少将听闻我的死讯，一定会悲叹而死的。

使者：（不耐烦地）那不正好，至少你们彼此相爱过了……就这样吧，快，随我到地狱去吧。

小町：使不得，使不得，你还不知道吗？我如今可不是一己之身，我已经怀了少将的孩子。我要是去了，那孩子——可爱的孩子不也得一同送命？（痛哭着）这孩子还未曾见过这世间的光亮，便要永远堕入黑暗了吗？

使者：（突然犹豫）对孩子来说确实不太公平。可这是阎魔王的命令，还是请你一起去吧，其实地狱也不是什么坏去处，从前著名的才子佳人，大多都去了地狱呢。

小町：你这恶鬼！罗刹！我死了少将也活不成，我们的孩子也会丧命，三条人命！不，何止，我那年迈的父母肯定也不会独活了！（索性放声痛哭）我原以为哪怕是黄泉的使者，也

---

① 出身高贵门第，为小野小町最为著名的仰慕者。小野小町退出宫廷后，住在山科，慕名来求爱的男性源源不绝。深草少将遇见小野小町后便一见钟情，真挚地向她求爱。小野小町终于被他的爱情所感动，向他提出了一个条件："如果你能够连续一百个夜晚来相会，我一定接受你的爱。"深草少将恪守诺言，风雨无阻夜夜都来到小野小町的住处看她。每来一次，小町便用线穿一个香榧子以此来计数。九十九个夜晚过去了，在最后一个晚上，深草少将筋疲力尽，倒在小野小町的门前气绝身亡。据说，深草少将的原型是六歌仙中的僧正遍昭或大纳言在原业平的儿子业宣。

会有些许怜悯之心啊——

使者：（尴尬地）就算我想帮你……

小町：（回光返照般）那请您帮帮我。再宽限五年也好，十年也罢，只要能看着这孩子成人，这样也不行吗？

使者：这……年限倒无所谓，只是我今天必须带一个人走，须得和你同龄……

小町：（兴奋地）那么带走谁都可以！我的侍女之中，阿漕、小松这几个都和我同年，你觉得哪个好就带走哪个！

使者：不，名字也得和你一样叫小町。

小町：小町！还有谁叫小町来着！啊！有的！有的！（不由得狂喜出声）有个人称玉造小町的，就让她替我去吧！

使者：和你差不多大？

小町：是的，正好一般大，只是没那么漂亮——长相无所谓吧？

使者：（温柔地）不如说丑点好，否则太容易让人心软。

小町：（精神焕发）那请你带走那个人吧！她还说自己比起这人间，更想去地狱生活呢，因为这样她就谁也不用见了。

使者：好吧，就让她代替你。你就好好照顾你家孩子，（扬扬自得）我身为黄泉使者，同情心还是有的。

话音刚落，黄泉使者消失了。

小町：可算是得救了！一定是神佛在我长日诚心祝祷之下向我伸出了援手。（双手合十）八百万神明，十方诸菩萨，千万保佑我，保佑这谎言不被拆穿……

二

黄泉使者背着玉造小町，走在黄泉路上。

小町（尖叫着）：你要带我去哪！去哪儿啊！

黄泉使者：去地狱。

小町：地狱！这不可能！昨天安倍晴明还说，我能活到八十六岁！

黄泉使者：那是那阴阳师在骗你。

小町：才不是！安倍晴明从来说的都是准的！你才在说谎吧，你看，答不上来了吧！

使者（自言自语）：看来我还是太正直了呀。

小町：你还死不承认？快坦白！

使者：其实我挺同情你的……

小町：我就知道！你同情我，是怎么回事？

使者：你是替小野小町下地狱的。

小町：替小野小町！到底怎么回事！

使者：她现在怀着孕，是深草少将的孩子……

小町（愤愤地）：你还真信了？她在撒谎你知道吗？少将不过是连续一百天在夜里求见她，别说怀上少将的孩子，少将是否和她同床共枕过都未可知。撒谎！撒谎！弥天大谎！

使者：弥天大谎，不能吧？

小町：你去四处打听打听，就连小厮家的毛孩子都知道，深草少将百次夜访小町……你居然信了，为她索了我的命……过分，太过分，太过分了。（抽泣起来）

使者：你可不能哭，有什么好哭的呢？（放下小町）你不也总说比起这人间，更想去地狱生活吗？这么看来，我就算被骗了，对你来说不是正好吗？

小町（咬牙）：谁告诉你的？

使者（忐忑地）：就……还是小野小町呗……

小町：天哪，这人得有多不要脸！撒谎！狐狸精！下流坯！骗子！母天狗！风骚货！要是遇见她我一定咬到她尖叫。真是不甘心！不甘心！我不甘心！（捶打黄泉使者）

使者：哎，等等，等等，我什么都不知道哇——哎，放过我吧。

小町：你是不是真傻呀？这种鬼话都相信……

使者：任谁都会相信她的呀……你和小野小町结过什么仇吗？

小町（微妙的笑容）：有还是没有呢？哼，可能真的有吧。

使者：那因为什么呢？

小町（轻蔑地）：我们不都是女人吗？

使者：原来如此，你们都很漂亮啊。

小町：哎呀，恭维的话就免了吧。

使者：哪里是恭维，我真的觉得你很美，哎呀，美得无法形容。

小町：哎呀呀，净说些哄人的话！你不也生得英俊，不像黄泉来的人呀？

使者：像我这么黑？

小町：黑才帅气嘛，有男人味呀。

使者：不过这对耳朵很讨嫌吧？

小町：哎呀，多可爱！让我摸摸……我最喜欢兔子啦。（玩弄着使者的耳朵）你过来点。唉，总觉得，就算是为了你，我这么赴死也没什么。

使者（抱着小町）：真的吗？

小町（半睁双眼）：我要说是真的呢？

使者：我会这样。（想要吻小町）

小町（挣脱开）：不行。

使者：那么……你在骗我咯。

小町：没有，我没在骗你。我就是想知道，你是否对我是真心。

使者：那你随便让我做什么都可以。你想要什么？火鼠裘？蓬莱玉枝？还是燕之子安贝[①]？

小町：嗯，等等。我想要的只一样——我想让那个可恨的小町，替我下地狱。

使者：就这个？没问题，就按你说的办。

小町：说好了噢？我真开心，我们约好了的……（拉过黄泉使者）

使者：啊啊，这可是要了我的命啊。

---

① 《竹取物语》里提到的神物。子安贝指妇人用力助产时手握的螺。

三

　　一群神将，提剑持戟，守在小町居所檐下。那黄泉使者，踉踉跄跄从空中出现。

　　神将：来者何人？

　　使者：我是黄泉使者，有劳放行。

　　神将：不能让你过去。

　　使者：我是来带小町走的。

　　神将：不能把小町交给你。

　　使者：不能？你又是何人？

　　神将：我乃三十番神，受天下第一的阴阳师安倍晴明加持守护小町。

　　使者：堂堂三十番神，竟然要守护那个骗子，那个荡妇！

　　神将：住口！你这丢人现眼的家伙！欺负一个弱女子，还往人家身上泼脏水!

　　使者:泼脏水?小野小町就是满口谎言的荡妇哇!

　　神将:你还说!好哇,接着说,看我把你那两只耳朵削下来!

　　使者:但是玉造小町还等着我……

　　神将(愤然地):吃我一戟,滚去投胎吧!(将使者掀飞)

　　使者:救命!(消失不见)

四

数十年后,两个乞讨的老妇,在满眼枯草的荒原闲聊。她们一个是小野小町,一个是玉造小町。

小野小町:日子就没有好过的时候哇。

玉造小町:每天忧心忡忡的,倒不如死了。

小野小町(像是自言自语):那时死掉就好了……当年就该跟黄泉使者走哇。

玉造小町:咦?你也遇到他了?

小野小町(怀疑):你也?你才是,也遇见过他吗?

玉造小町(冷冷地):不,我没有。

小野小町:我说的使者也是大唐的使者。

片刻沉默过后,黄泉使者匆忙经过此处。

小野小町、玉造小町:黄泉使者!黄泉使者!

使者：谁在唤我？

玉造小町（对小野小町）：你不是不知道黄泉使者吗？

小野小町（对玉造小町）：你不也说你不认识？（对黄泉使者）这位是玉造小町，你应该认识吧！

使者：什么！小野小町和玉造小町！是你们二位？——瘦得只剩皮包骨头的女乞丐？

小野小町：不过就是瘦的皮包骨的女乞丐罢了。

玉造小町：您可还记得我们亲热时的样子？

使者：嗯……还请消消气，你们的变化实在太大了，我才一时口不择言……不过你们叫住我有何贵干呢？

小野小町：有的，有的，求求您，带我去黄泉吧！

玉造小町：也带我一起去吧！

使者：去黄泉？可不能开这种玩笑，你们又想骗我吧？

玉造小町：怎么会骗您！

小野小町：是真的，求你带我们走吧！

使者：你们？（摇头）恕我不能答应，我可不想再受牵连了，你们还是请别人帮忙吧。

小野小町：求您可怜可怜我！您难道没有一点同情心吗？

玉造小町：别这样，带我走吧，我会做您的妻子的！

使者：不行，不行，只要一和你们扯上关系——不对，不光是你们，只要和女人有牵连，就肯定会倒大霉。你们比老虎还厉害，你们的心肠就好像夜叉。第一，只要你们一哭，多少人就一下子没了主意。（对小野小町说）你的眼泪可真是厉害。

小野小町：这不是真的，不是真的，您可不是因为区区眼泪就动摇的人！

使者（充耳不闻）：第二，只要你们动用你们的姿容，保不齐会发生什么。（对玉造小町说）你这一手就很厉害。

玉造小町：请不要说得那么卑鄙，您才是不懂爱慕为何物。

使者（依旧毫不动摇）：第三——这是最恐怖的——神代以来，世人都在欺骗女性。让大家都认为女性就是弱者，女性就是善良的。害人的总是男性，受害的总是女性——大家都坚信不疑。正因如此，男人真是被女人害惨了。（对小野小町说）就像三十番神，你看，到最后只有我是恶人。

小野小町：请不要诋毁神佛。

使者：不不，比起神佛，我还是更怕你们。你们能够随心所欲操控男人的身心，如果还有余裕，还能招来世人的同情。没有比这更厉害的了。遍观整个日本，变成你们饵食的男人早就尸横遍野了。我现在最要紧的就是要处处小心，避开你们的魔爪。

小野小町（对玉造小町说）：真是的，多难听，多不讲理。

玉造小町（对小野小町说）：男人的这种任性我真是受够了。（对黄泉使者说）女人才是男人的饵食，不管你怎么说，就是这样的。从前是，现在是，将来也会是……

使者（突然兴奋）：将来男性就会有希望了！将来会有女太政太臣、女检非遣使、女阎罗王、女三十番神——这样的话男人就稍稍得救了。第一，女人在狩猎男人之外，还有更多有价值的工作来做。第二，世上其他女人也不会和现在世上的男人一样，让女人占尽便宜。

小野小町：你就这么恨我们吗？

玉造小町：恨吧！恨吧！想怎么恨，就怎么恨！

使者（忧郁地说）：可是我做不到哇。要是我真能对你们恨之入骨，或许会更幸福吧。（突然再一次宛如将要高唱凯歌般兴奋）但是现在没关系了！你们已经不似从前！不过是皮包骨头的女乞丐，你们的魔爪再也抓不到我了！

玉造小町：嗯，嗯，快滚吧！

小野小町：唉，别这样……那便就此拜别吧。

使者：使不得。就此别过。（消失在枯芒草间）

小野小町：这可如何是好？

玉造小町：这可如何是好？

二人同时伏地失声痛哭起来。

大正十二年二月

芥川龙之介・素盏鸣尊
あくたがわりゅうのすけ　すさのおのみこと

图书在版编目（CIP）数据

素盏鸣尊 /（日）芥川龙之介著；烧野译.—北京：现代出版社，2021.12
ISBN 978-7-5143-9630-0

Ⅰ.①素…　Ⅱ.①芥…②烧…　Ⅲ.①短篇小说—小说集—日本—现代　Ⅳ.①I313.45

中国版本图书馆CIP数据核字（2021）第247420号

素盏鸣尊

作　　者：［日］芥川龙之介
译　　者：烧　野
责任编辑：申　晶
出版发行：现代出版社
通信地址：北京市安定门外安华里504号
邮政编码：100011
电　　话：010-64267325　64245264（兼传真）
网　　址：www.1980xd.com
电子邮箱：xiandai@cnpitc.com.cn
印　　刷：三河市中晟雅豪印务有限公司

开　　本：880mm×1230mm　1/32　印　张：7
版　　次：2022年3月第1版　印　次：2022年3月第1次印刷
字　　数：128千字
书　　号：ISBN 978-7-5143-9630-0
定　　价：49.80元

版权所有，翻印必究；未经许可，不得转载

时间宝贵,我们只读好书。

诚邀关注"只读文化工作室"微信公众号

素盏鸣尊

[日]芥川龙之介 | 著   只读文化工作室 | 出品

我年轻的时候,也做过各种各样的梦呢。

——芥川龙之介

时间宝贵，我们只读好书。

和风译丛·太宰治·"人间五重奏"系列

书名：《人间失格》
作者：【日】太宰治
译者：何青鹏
出版时间：2019 年 3 月
装帧形式：精装
ISBN：978-7-5143-7606-7

本书收录太宰治最具代表性的小说《人间失格》《斜阳》以及文学随笔《如是我闻》。以告白的形式，挖掘人性深处的懦弱，探讨为人的资格，直指灵魂，令人无法逃避。

《斜阳》写的是日本战后没落贵族的痛苦与救赎，"斜阳族"成为没落之人的代名词，太宰治的纪念馆也被命名为"斜阳馆"。

《如是我闻》是太宰治针对文坛上其他作家对其批判做出的回应，其中既有对当时文坛上一些"老大家"的批判，也有为其自身的辩白，更申明了自己对于写作的看法和姿态，亦可看作太宰治的"独立宣言"，发表时震惊文坛。

只读

时间宝贵，我们只读好书。

和风译丛·太宰治·"人间五重奏"系列

书名：《惜别》
作者：【日】太宰治
译者：何青鹏
出版时间：2019年3月
装帧形式：精装
ISBN：978-7-5143-7605-0

《惜别》是太宰治以在仙台医专求学时的鲁迅为原型创作的小说。创作这部作品之前，太宰治亲自前往仙台医专考察，花了很长时间收集材料，考量小说的架构，用太宰治的话说，他"只想以一种洁净、独立、友善的态度，来正确地描摹那位年轻的周树人先生"；因而，在书中，读者可以看到鲁迅成为鲁迅之前的生活、学习经历及思想变化，书中的周树人，亦因太宰治将自己的情感代入其中，而成为"太宰治式的鲁迅"形象。

本书同时收录《〈惜别〉之意图》《眉山》《雪夜故事》《樱桃》《香鱼千金》等5部中短篇小说。

时间宝贵,我们只读好书。

和风译丛·太宰治·"人间五重奏"系列

书名:《关于爱与美》
作者:【日】太宰治
译者:何青鹏
出版时间:2018年10月
装帧形式:精装
ISBN:978-7-5143-7277-9

本书收录了《秋风记》《新树的话语》《花烛》《关于爱与美》《火鸟》等六部当时未曾发表的小说。这部小说集是太宰治与石原美知子结婚后出版的首部作品集,作品集中表现了太宰治对人间至爱至美的渴望,以及对生命的极度热爱。像火鸟涅槃前的深情回眸,是太宰治于绝望深渊之中的奋力一跃。

只读

时间宝贵，我们只读好书。

和风译丛·太宰治·"人间五重奏"系列

书名：《虚构的彷徨》
作者：【日】太宰治
译者：程亮
出版时间：2020年3月
装帧形式：精装
ISBN：978-7-5143-8295-2

本书以日本筑摩书房1985年出版的《太宰治全集》为底本，收入《小丑之花》《狂言之神》《虚构之春》三部长篇小说，构成《虚构的彷徨》。并附《晚年》中的三部短篇《回忆》《叶》《玩具》。

《小丑之花》发表于1935年5月的《日本浪漫派》。翌年，《狂言之神》经佐藤春夫先生的推荐，发表于美术杂志《东阳》的十月号，《虚构之春》经河上彻太郎先生的推荐，发表于《文学界》的七月号。此三篇，依花、神、春的顺序，构成了长篇三部曲《虚构的彷徨》。

时间宝贵，我们只读好书。

和风译丛·太宰治·"人间五重奏"系列

书名：《他非昔日他》
作者：【日】太宰治
译者：程亮
出版时间：2020 年 3 月
装帧形式：精装
ISBN：978-7-5143-8303-4

本书以日本筑摩书房 1985 年出版的《太宰治全集》为底本，主要选取太宰治生前出版的作品集《晚年》中的经典作品结集而成，收入《鱼服记》《列车》《地球图》《猿之岛》《麻雀游戏》《猿面冠者》《逆行》《他非昔日他》《传奇》《阴火》《盲草纸》等 11 部中短篇小说。

只读

时间宝贵，我们只读好书。

—和风译丛—

001 太宰治《人间失格》（平装）
002 太宰治《惜别》（平装）
003 织田作之助《夫妇善哉》（平装）
004 宫泽贤治《银河铁道之夜》（平装）
005 坂口安吾《都会中的孤岛》（平装）
006 上村松园《青眉抄》
007 太宰治《关于爱与美》
008 谷崎润一郎《黑白》
009 梶井基次郎《柠檬》
010 幸田露伴《五重塔》
011 宫泽贤治《银河铁道之夜》（精装）
012 太宰治《人间失格》（精装）
013 太宰治《惜别》（精装）
014 芥川龙之介《罗生门》
015 泉镜花《汤岛之恋》
016 夏目漱石《我是猫》
017 樋口一叶《十三夜》
018 尾崎红叶《金色夜叉》
019 坂口安吾《都会中的孤岛》（精装）
020 樋口一叶《青梅竹马》

只读

时间宝贵，我们只读好书。

021 织田作之助《夫妇善哉》（精装）
022 太宰治《虚构的彷徨》
023 太宰治《他非昔日他》
024 小泉八云《怪谈：灵之日本》
025 小泉八云《影》
026 谷崎润一郎《盲目物语》
027 谷崎润一郎《细雪》
028 太宰治《富岳百景》
029 太宰治《东京八景》
030 太宰治《黄金风景》
031 横光利一《春天乘着马车来》
032 谷崎润一郎《少将滋干之母》
033 谷崎润一郎《猫与庄造与两个女人》
034 永井荷风《梅雨前后》
035 樋口一叶《五月雨》
036 永井荷风《地狱之花》
037 永井荷风《晴日木屐》
038 芥川龙之介《英雄之器》
039 谷崎润一郎《秘密》
040 芥川龙之介《素盏鸣尊》